サキヨミ！⑬

二人《ふたり》の絆《きずな》に試練《しれん》のとき!?

七海《ななみ》まち・作
駒形《こまがた》・絵

角川つばさ文庫

もくじ

サキヨミって？

人《ひと》の顔《かお》を見《み》ると、その人《ひと》に起《お》きる未来《みらい》が見《み》えてしまう力《ちから》のこと。

バレンタイン直前《ちょくぜん》——
チバ先輩《せんぱい》に、ナゾの手紙《てがみ》が！
レイラ先輩《せんぱい》や深谷先輩《ふかやせんぱい》の様子《ようす》も、なんだかヘン……
瀧島君《たきしまくん》にチョコを渡《わた》すつもりだったけど
それどころじゃない～！
美術部《びじゅつぶ》みんなで協力《きょうりょく》して事件《じけん》を解決《かいけつ》し、
一件落着《いっけんらくちゃく》！
瀧島君《たきしまくん》に、勇気《ゆうき》を出《だ》してチョコを渡《わた》したら
このチョコは、どういう意味《いみ》？
って聞《き》かれちゃって——。
「サキヨミ！⑬」スタート!!

人《じん》物《ぶつ》紹《しょう》介《かい》

中《ちゅう》1

如月《きさらぎ》美羽《みう》

「サキヨミ」の力《ちから》を持《も》っている。
力《ちから》のせいで、人《ひと》の顔《かお》を見《み》るのを
怖《こわ》がっていたけれど――？

中《ちゅう》1

瀧島《たきしま》幸都《ゆきと》

ちょっとミステリアスな
イケメン。
「サキヨミ」の力《ちから》を持《も》っている。

ミミふわ

雪《ゆき》うさの妹分《いもうとぶん》で、
占《うらな》い修業中《しゅぎょうちゅう》。
実《じつ》は美羽《みう》！

雪《ゆき》うさ

「雪《ゆき》うさの未来《みらい》チャンネル」で
大人気《だいにんき》の動画配信者《どうがはいしんしゃ》。
実《じつ》は瀧島君《たきしまくん》！

中《ちゅう》1

沢《さわ》辺《べ》夕《ゆ》実《み》

美羽《みう》を美術部《びじゅつぶ》に
誘《さそ》った親友《しんゆう》。

中《ちゅう》3

瀬《せ》戸《と》レイラ

元気《げんき》いっぱい、
美術部《びじゅつぶ》の元部長《もとぶちょう》。

中《ちゅう》2

叶《かな》井《い》ヒサシ

美術部《びじゅつぶ》のマジメな
副部長《ふくぶちょう》。

中《ちゅう》2

千《ち》葉《ば》清《せい》兵《べ》衛《え》

生徒会長《せいとかいちょう》＆美術部《びじゅつぶ》の部長《ぶちょう》。
漫画《まんが》を描《か》いている。

高《こう》1

咲《さき》田《た》直《なお》己《み》

美羽《みう》たちの中学《ちゅうがく》の卒業生《そつぎょうせい》。

1 彼《かれ》の決心《けっしん》

——たとえ僕《ぼく》が、サキヨミの力《ちから》を失《うしな》ったとしても。如月《きさらぎ》さんにとって、僕《ぼく》は『大事《だいじ》な人《ひと》』のままでいられるのかな。


その言葉《ことば》に答《こた》えることができないまま、私《わたし》は瀧島君《たきしまくん》を見《み》つめていた。

自分《じぶん》の唇《くちびる》とともに、瀧島君《たきしまくん》のまつげも小《こ》きざみに震《ふる》えているのがわかる。

（瀧島君《たきしまくん》が、サキヨミの力《ちから》を失《うしな》ったら……？）

サキヨミが見《み》えなくなった瀧島君《たきしまくん》を、頭《あたま》の中《なか》に思《おも》いえがこうとする。

でも、どうしてもうまく想像《そうぞう》することができない。

だって、私《わたし》が中学《ちゅうがく》で出会《であ》った「瀧島君《たきしまくん》」は、最初《さいしょ》からサキヨミの力《ちから》を持《も》っていた。

瀧島君《たきしまくん》が私《わたし》を美術部《びじゅつぶ》に誘《さそ》ったことも、いっしょに帰《かえ》るようになったことも、それからの瀧島君《たきしまくん》との思《おも》い出《で》すべてに、サキヨミの力《ちから》が関《かか》わっている。

サキヨミの力《ちから》は、瀧島君《たきしまくん》と私《わたし》を結《むす》びつけてくれる大事《だいじ》な絆《きずな》そのものなんだ。

だから、「瀧島君《たきしまくん》」と「サキヨミの力《ちから》を失《うしな》った瀧島君《たきしまくん》」は、同《おな》じようでいて、少《すこ》し違《ちが》う。

胸《むね》が、ざわざわした。

——当《あ》たり前《まえ》だよ。瀧島君《たきしまくん》は、ずっと私《わたし》の「大事《だいじ》な人《ひと》」だよ。

そう言《い》いたいはずなのに、声《こえ》がつかえて出《で》てこない。

(どうしよう。早《はや》く、何《なに》か言《い》わなきゃ……!)

「ごめん。こんなもしもの話《はなし》、とつぜん言《い》われても、答《こた》えられないよね」

瀧島君《たきしまくん》の静《しず》かな声《こえ》に、私《わたし》はあわてて首《くび》をふった。

「あっ、あの……違《ちが》うの! なんだかその、うまく考《かんが》えられなくて。瀧島君《たきしまくん》が大事《だいじ》だっていうことは、変《か》わらないと思《おも》うんだけど……!」

その後《あと》の言葉《ことば》が、うまく続《つづ》かない。

瀧島君《たきしまくん》はしばらく私《わたし》を見《み》つめていたけれど、やがてゆっくりと目《め》を伏《ふ》せた。

「如月《きさらぎ》さん。僕《ぼく》がこれから話《はな》すことを聞《き》いてほしい。そのうえで、改《あらた》めて考《かんが》えてほしいことがあるんだ」

(え……)

かすかに緊張《きんちょう》のまじった声《こえ》に、どきりと胸《むね》が鳴《な》る。

「サキヨミの力《ちから》を失《うしな》う条件《じょうけん》。それがわかったかもしれないって、さっき言《い》っただろう」

「あっ……うん」

こくりとうなずく。瀧島君《たきしまくん》が、視線《しせん》を上《あ》げて私《わたし》を見《み》た。

「僕《ぼく》は、サキヨミの力《ちから》を失《うしな》うには、**『マイナスの感情《かんじょう》』**が関係《かんけい》していると考《かんが》えているんだ」

「マイナスの、感情《かんじょう》……？」

思《おも》いがけない言葉《ことば》に、首《くび》をかしげる。

「そう。如月《きさらぎ》さん、僕《ぼく》、咲田先輩《さきたせんぱい》は、それぞれの中《なか》に深《ふか》く根《ね》づいた『マイナスの感情《かんじょう》』とともに生《い》きてきた。その感情《かんじょう》が薄《うす》れると、サキヨミは見《み》えなくなる。僕《ぼく》は、そう考《かんが》えている」

瀧島君《たきしまくん》は、私《わたし》の反応《はんのう》を見《み》るようにそこで言葉《ことば》を止《と》めた。

「如月《きさらぎ》さんも僕《ぼく》も、だんだんとサキヨミが見《み》えなくなってきている。それはつまり、マイナスの感情《かんじょう》を手放《てばな》す段階《だんかい》にきているということなんだと思《おも》う。僕《ぼく》たちの中《なか》からその感情《かんじょう》が完全《かんぜん》になくなれば、もうサキヨミを見《み》ることはなくなるはずだ」

瀧島君《たきしまくん》の言葉《ことば》を、ひとつひとつ、順番《じゅんばん》に理解《りかい》していく。

「つまり……そのマイナスの感情《かんじょう》を完全《かんぜん》に手放《てばな》すことが、サキヨミの力《ちから》を失《うしな》う条件《じょうけん》……っていうこと？」

「まだ、仮説《かせつ》だけどね。僕《ぼく》は、そう考《かんが》えている」

思《おも》わず、胸《むね》を押《お》さえた。鼓動《こどう》の激《はげ》しさが増《ま》すごとに、頭《あたま》の中《なか》も混乱《こんらん》していくようだった。

「待《ま》って。マイナスの感情《かんじょう》って……何《なに》？　悲《かな》しいとか、苦《くる》しいとか、そういうこと？」

「そうだね。あいまいな言《い》い方《かた》で申《もう》し訳《わけ》ないけど、そういうネガティブな感情《かんじょう》っていうことだよ」

瀧島君《たきしまくん》はそこで目《め》をそらした。まるで、何《なに》かを隠《かく》すみたいに。

胸《むね》に当《あ》てた手《て》に、ぎゅっと力《ちから》が入《はい》る。

「瀧島君《たきしまくん》は、もうわかってるの？　そのマイナスの感情《かんじょう》が、何《なん》なのかってこと」

「ああ。でも、今《いま》は言《い》えない。まだ推測《すいそく》の段階《だんかい》で、はっきり確信《かくしん》が持《も》てないんだ。それに、今《いま》すべてを打《う》ち明《あ》けたら……如月《きさらぎ》さんが傷《きず》ついたり、いやな思《おも》いをしてしまうかもしれないから」

「平気《へいき》だよ。私《わたし》、知《し》りたい」

「だめだ」

鋭《するど》い声《こえ》に、はっと身《み》がすくむ。すると彼《かれ》の茶色《ちゃいろ》い瞳《ひとみ》が、苦《くる》しそうに細《ほそ》められた。

「僕《ぼく》は、雪《ゆき》うさをやめるよ」

私《わたし》は一瞬《いっしゅん》、息《いき》をすることを忘《わす》れた。

おどろきとショックで、全身《ぜんしん》が凍《こお》りつくようにこわばる。

「僕《ぼく》はこの先《さき》、サキヨミを見《み》ることがさらに減《へ》っていくと思《おも》う。『明日《あした》の占《うらな》い』は、もうできない」

そう言《い》って、視線《しせん》を落《お》とす。

「そもそも、雪《ゆき》うさの役割《やくわり》はもう終《お》わったんだ。雪《ゆき》うさは、如月《きさらぎ》さんにサキヨミの力《ちから》を前向《まえむ》きにとらえてほしくて始《はじ》めたことだった。でも、今《いま》はもう、違《ちが》う」

「違《ちが》う……？」

私《わたし》の震《ふる》える声《こえ》に、瀧島君《たきしまくん》は顔《かお》を上《あ》げた。

「僕《ぼく》はもう、如月《きさらぎ》さんにサキヨミの力《ちから》を持《も》っていてほしくない。僕《ぼく》といっしょに、力《ちから》を失《うしな》ってほしいと思《おも》ってる」

——え。

耳《みみ》に入《はい》ってきた言葉《ことば》の意味《いみ》がすぐにはわからなくて、ふるふると首《くび》を横《よこ》にふる。

「なん……で？　よく、わからないよ」

胸元《むなもと》にさげられているお守《まも》りを、ブラウスの上《うえ》からにぎりしめる。

「瀧島君《たきしまくん》、どうして？　雪《ゆき》うさは、ずっと続《つづ》けていくって言《い》ったよね。私《わたし》たちの絆《きずな》だからって」

——雪《ゆき》うさは、如月《きさらぎ》さんとの絆《きずな》そのものだからね。

観覧車《かんらんしゃ》で瀧島君《たきしまくん》が言《い》ってくれた言葉《ことば》が、頭《あたま》の中《なか》でくりかえし再生《さいせい》される。

「それなのに、どうして？　雪《ゆき》うさもサキヨミの力《ちから》も、瀧島君《たきしまくん》にはもう、必要《ひつよう》ないの？」

私《わたし》は、違《ちが》うのに。まだずっと、この先《さき》も必要《ひつよう》だって思《おも》ってるのに。

「私《わたし》から分《わ》けられたサキヨミの力《ちから》のこと、宝物《たからもの》だって言《い》ってくれてすごくうれしかったんだよ。サキヨミの力《ちから》があったからこそ、瀧島君《たきしまくん》との今《いま》があるんだって思《おも》えたの。雪《ゆき》うさだってそうだよ。雪《ゆき》うさもミミふわも、瀧島君《たきしまくん》と私《わたし》を結《むす》ぶ秘密《ひみつ》で、思《おも》い出《で》で、絆《きずな》で……私《わたし》にとっては、すごくすごく大事《だいじ》なものなのに」

「大事《だいじ》だよ。すごく大事《だいじ》だ」

「じゃあ、どうして……！」

「何《なに》かを手《て》に入《い》れるためには、何《なに》かを手放《てばな》さなければいけないこともある」

力強《ちからづよ》い声《こえ》に、びくっと体《からだ》が震《ふる》えた。

「僕《ぼく》は望《のぞ》む未来《みらい》のために、サキヨミの力《ちから》を手放《てばな》すと決《き》めた。その未来《みらい》には……」

そこまで言《い》うと、瀧島君《たきしまくん》は静《しず》かに目《め》をそらした。

「未来《みらい》って……何《なに》？　瀧島君《たきしまくん》の望《のぞ》む未来《みらい》って、何《なん》なの？」

じれったい思《おも》いで、すがりつくように言《い》う。

すると瀧島君《たきしまくん》は、ぎゅっと眉根《まゆね》を寄《よ》せた。

「それは……まだ、言《い》えない」

「どうして？　私《わたし》には言《い》えないことなの？」

「違《ちが》うよ」

顔《かお》を上《あ》げて、瀧島君《たきしまくん》はまっすぐに私《わたし》を見《み》つめた。

「僕《ぼく》の望《のぞ》む未来《みらい》は、如月《きさらぎ》さんにこそ、知《し》ってもらわないと意味《いみ》がないものなんだ」

「それなら……！」

「でも、まだムリなんだ。今《いま》はまだ……タイミングがよくない」

そう言《い》って、瀧島君《たきしまくん》は一歩後《いっぽあと》ずさった。私《わたし》から、離《はな》れるように。

「如月《きさらぎ》さんが力《ちから》を手放《てばな》すと決《き》めてくれたら、ぜんぶ話《はな》すよ。マイナスの感情《かんじょう》のこともふくめて、今僕《いまぼく》が考《かんが》えていることを、ぜんぶ」

せつないまなざしを私《わたし》に向《む》けると、静《しず》かに顔《かお》をそむける。

「ミミふわについては、如月《きさらぎ》さんの自由《じゆう》だ。雪《ゆき》うさのチャンネルはこのまま残《のこ》すし、生配信《なまはいしん》が必要《ひつよう》なら協力《きょうりょく》する。でも、雪《ゆき》うさでの動画《どうが》の投稿《とうこう》はもうやめる」

「そんなの――」

――いやだよ。

そう続《つづ》けたかったのに、できなかった。声《こえ》がうるんでいたことで、初《はじ》めて自分《じぶん》の目《め》が涙《なみだ》でぬれていることに気《き》づいたんだ。

「如月《きさらぎ》さん。僕《ぼく》は、前《まえ》に進《すす》みたいんだ」

ゆっくりと背《せ》を向《む》ける瀧島君《たきしまくん》の姿《すがた》が、ぼんやりとにじむ。

「チョコレートとカード、どうもありがとう」

その言葉《ことば》を最後《さいご》に、瀧島君《たきしまくん》はT字路《ティーじろ》を曲《ま》がって静《しず》かに去《さ》っていった。

2 送《おく》る会《かい》の出《だ》し物《もの》

「ねえ、美羽《みう》ちゃん。どうしたの？」

「え？」

翌日《よくじつ》の昼休《ひるやす》み。

夕実《ゆみ》ちゃんに声《こえ》をかけられて、ぼーっとした頭《あたま》でふりむく。

「やっぱり、今日《きょう》の美羽《みう》ちゃんおかしいよ。朝《あさ》から受《う》け答《こた》えもとんちんかんだし、英語《えいご》の時間《じかん》に数学《すうがく》の教科書《きょうかしょ》出《だ》してるし」

「あ、だからそれは、ちょっと寝不足《ねぶそく》で……」

「寝不足《ねぶそく》なのは、顔《かお》を見《み》ればわかるよ。そうなった原因《げんいん》が、何《なに》かあるんじゃないの？」

心配《しんぱい》そうに私《わたし》の顔《かお》をのぞきこむ夕実《ゆみ》ちゃん。その顔《かお》を見《み》たとたん、鼻《はな》の奥《おく》がつんと熱《あつ》くなる。

「あっ、美羽《みう》ちゃん!?」

「ごめん、夕実《ゆみ》ちゃん」

指《ゆび》で涙《なみだ》をぬぐって、私《わたし》はムリやり笑顔《えがお》を作《つく》った。

「今日《きょう》の放課後《ほうかご》、ちょっと付《つ》き合《あ》ってもらえるかな。話《はな》したいことがあるんだ」

「もちろんだよ。でも……部活《ぶかつ》は、大丈夫《だいじょうぶ》？　行《い》ける？」

心配《しんぱい》そうに、眉《まゆ》を下《さ》げる夕実《ゆみ》ちゃん。

夕実《ゆみ》ちゃんはきっと、わかってるんだ。瀧島君《たきしまくん》と私《わたし》の間《あいだ》で、何《なに》かがあったんだって。

「うん、大丈夫《だいじょうぶ》。部活《ぶかつ》は、行《い》かなきゃ。今日《きょう》は『**三年生《ねんせい》を送《おく》る会《かい》**』の話《はな》し合《あ》いだもんね」

そう答《こた》えても、夕実《ゆみ》ちゃんの表情《ひょうじょう》は変《か》わらないままだった。

「ムリしないでね。二人《ふたり》で部活休《ぶかつやす》むくらい、なんでもないんだから。ヒサシ君《くん》にも話《はな》しとくよ」

「ううん、平気《へいき》。逃《に》げたくないの」

夕実《ゆみ》ちゃんが、はっとしたように目《め》を見開《みひら》く。

「……うん。わかった。私《わたし》、何《なに》がどうなっても、美羽《みう》ちゃんの味方《みかた》だからね」

そう言《い》って私《わたし》の手《て》を、ぎゅっと強《つよ》くにぎってくれた。

「ありがとう、夕実《ゆみ》ちゃん」

うれしくて、ありがたくて、ほっとして。

夕実《ゆみ》ちゃんという親友《しんゆう》がいる心強《こころづよ》さに、自然《しぜん》と顔《かお》がほころんだ。

昨日《きのう》はあの後《あと》、しばらくの間動《あいだうご》くことができなかった。

瀧島君《たきしまくん》との会話《かいわ》が、なんだか現実《げんじつ》のできごとだと思《おも》えなかったんだ。

なんとか家《いえ》に帰《かえ》る間《あいだ》も、気持《きも》ちはぐちゃぐちゃのままで。

まともに考《かんが》えることなんて、ほとんどできなかった。

それでも私《わたし》は、いつものように雪《ゆき》うさの動画《どうが》の更新《こうしん》を待《ま》った。

瀧島君《たきしまくん》の考《かんが》えが、変《か》わったかもしれない。そもそもあれは聞《き》き間違《まちが》いだったのかもしれないって、祈《いの》るような気持《きも》ちで。

だけど、更新《こうしん》はなかった。動画《どうが》のかわりに、文字《もじ》だけのメッセージが投稿《とうこう》された。

「とつぜんのことで申《もう》し訳《わけ》ありませんが、動画投稿《どうがとうこう》はしばらくお休《やす》みします」って。

それを見《み》てぼう然《ぜん》としていたら、瀧島君《たきしまくん》からメッセージが届《とど》いた。

そこには、「雪《ゆき》うさの未来《みらい》チャンネル」のアカウントにログインするためのＩＤとパスワードだけが書《か》かれていた。

「どうして……？」

声《こえ》と同時《どうじ》に、涙《なみだ》がこぼれた。

だって。これじゃまるで、「もうおしまい」って言《い》われてるみたいじゃない？

瀧島君《たきしまくん》との出会《であ》いから始《はじ》まった、サキヨミという力《ちから》をめぐる、私《わたし》たち二人《ふたり》の物語《ものがたり》。

それが、途中《とちゅう》でぱたりと閉《と》じられてしまった。そんなふうに思《おも》えたんだ。

サキヨミの力《ちから》を手放《てばな》して、雪《ゆき》うさもやめる。瀧島君《たきしまくん》は、そう決《き》めたって言《い》っていた。

瀧島君《たきしまくん》がサキヨミの力《ちから》を失《うしな》ったら、私《わたし》たちのこれからはどうなるんだろう。

たとえば、私《わたし》が何《なに》かのサキヨミを見《み》たとしたら。

瀧島君《たきしまくん》はこれまでどおり、未来《みらい》を変《か》えるために私《わたし》に協力《きょうりょく》してくれるだろう。

夕実《ゆみ》ちゃんやレイラ先輩《せんぱい》、叶井先輩《かないせんぱい》やチバ先輩《せんぱい》もいっしょに、作戦《さくせん》を考《かんが》えたり、手分《てわ》けしたりして、未来《みらい》を変《か》えていくことはできるはずだ。

(だけど……)

瀧島君《たきしまくん》は、特別《とくべつ》な存在《そんざい》だ。

私《わたし》がそう思《おも》っていたのは、瀧島君《たきしまくん》のことを好《す》きだから——だけじゃなくて。

彼《かれ》が私《わたし》と同《おな》じサキヨミの力《ちから》を持《も》っているから、っていうこともあったのかもしれない。

同《おな》じ力《ちから》を持《も》って、同《おな》じ秘密《ひみつ》を共有《きょうゆう》して。

だからこそ、こんな私《わたし》でも、瀧島君《たきしまくん》のそばにいていいって思《おも》えた。

サキヨミの力《ちから》があるから、いっしょにいられるんだって。そう思《おも》ってた。

だけど、瀧島君《たきしまくん》は、力《ちから》を手放《てばな》す決心《けっしん》をした。そして、私《わたし》にも力《ちから》を失《うしな》ってほしいと思《おも》ってる。

瀧島君《たきしまくん》と私《わたし》が、二人《ふたり》ともサキヨミの力《ちから》を失《うしな》う。

そうなったら、瀧島君《たきしまくん》にとって、私《わたし》はどんな存在《そんざい》になるんだろう。


——如月《きさらぎ》さんのことは、僕《ぼく》が守《まも》るよ。

——僕《ぼく》の大切《たいせつ》な人《ひと》は、如月《きさらぎ》さんただひとりだ。

——僕《ぼく》の『運命《うんめい》の人《ひと》』は、如月《きさらぎ》さんだけだよ。


今《いま》まで瀧島君《たきしまくん》が言《い》ってくれた、たくさんのうれしい言葉《ことば》たち。

それは、不安《ふあん》になったり、くじけそうになったりしたときに勇気《ゆうき》をもらえる、私《わたし》の大事《だいじ》な宝物《たからもの》だった。

でも。もし私《わたし》が、はじめからサキヨミの力《ちから》を持《も》っていなかったとしても。

瀧島君《たきしまくん》は、同《おな》じことを言《い》ってくれたのかな。

だって、瀧島君《たきしまくん》と私《わたし》のこれまでは、サキヨミの力《ちから》がなかったら成《な》り立《た》たない。

私《わたし》からサキヨミの力《ちから》を引《ひ》いたら、何《なに》が残《のこ》るの……？

「おーい、美羽《みう》。聞《き》いてるか？」

はっとして、顔《かお》を上《あ》げる。

美術室《びじゅつしつ》の机《つくえ》に腰《こし》かけたチバ先輩《せんぱい》が、私《わたし》の顔《かお》をのぞきこんでいた。

「す、すみません。何《なん》でしょう？」

「『三年生《ねんせい》を送《おく》る会《かい》』の出《だ》し物《もの》だよ。美羽《みう》は何《なに》か意見《いけん》あるかって、聞《き》いたところだったんだけど」

（まずい。ぼーっとしてた……！）

今日一日《きょういちにち》、授業《じゅぎょう》の間《あいだ》も休《やす》み時間《じかん》も、ずっと瀧島君《たきしまくん》のことを考《かんが》えていたせいかな。

部活《ぶかつ》に来《き》たのに、話《はな》し合《あ》いそっちのけで考《かんが》えにふけってしまった。

ホワイトボードには、叶井先輩《かないせんぱい》の字《じ》で「ダンス」「コント」「歌《うた》」と書《か》かれている。

その横《よこ》には、「装飾《そうしょく》：入場《にゅうじょう》ゲート（ダンボール製《せい》　デザイン：チバ）」とあった。

三年生《ねんせい》を送《おく》る会《かい》は、卒業《そつぎょう》する三年生《ねんせい》のために、一・二年生《ねんせい》が主体《しゅたい》になって企画《きかく》する行事《ぎょうじ》だ。

三月《がつ》の第《だい》一週《しゅう》、つまり再来週《さらいしゅう》に行《おこな》われる予定《よてい》なんだ。

「そんな急《きゅう》に聞《き》かれても、すぐには思《おも》いつきませんよ。ねえ美羽《みう》ちゃん」

すぐそばに座《すわ》っている夕実《ゆみ》ちゃんが、フォローしてくれる。

「あっ、そ、そうだね。ごめんなさい、チバ先《せん》輩《ぱい》」

大事《だいじ》な話《はな》し合《あ》いの最中《さいちゅう》に考《かんが》えごとをしてしまったことを反省《はんせい》し、頭《あたま》を下《さ》げる。

「やはりダンスがいいのではないか？　**『ミケネコ戦士《せんし》』**のダンスがネット上《じょう》でにわかに流行《はや》っているらしいぞ」

「あっ、知《し》ってる！　みけストロベリーとエレンがエンディングで踊《おど》ってるやつだよね？」

立《た》ち上《あ》がった夕実《ゆみ》ちゃんが、叶井先輩《かないせんぱい》とならんで腰《こし》に手《て》を当《あ》てた。かと思《おも》うと、くるくると回《まわ》りだす。

「あの二人《ふたり》、敵同士《てきどうし》なのに妙《みょう》に相性《あいしょう》いいよねえ。

戦《たたか》いの最中《さいちゅう》でも、おたがいのことを思《おも》いやってるっていうか」

「さすが夕実《ゆみ》、よくわかっているな。エレン、通称《つうしょう》『**漆黒の天使**《しっこくのてんし》』は、ミケネコ戦士《せんし》の中《なか》でも屈《くっ》指《し》の人気《にんき》キャラだ。コスプレして踊《おど》るのも、盛《も》り上《あ》がりそうじゃないか？」

ミケネコ戦士《せんし》っていうのは、最近人気《さいきんにんき》があるアニメのことだ。みけストロベリーもエレンも、たしかそこに出《で》てくるキャラクターの名前《なまえ》だったはず。

「うーん。ダンスは、正直《しょうじき》オレはあんまり気乗《きの》りしねえんだよなあ。コントも歌《うた》もだが、相当凝《そうとうこ》ったもんにしねえと映《は》えないっつーか」

手《て》をたたいて踊《おど》りを続《つづ》けている夕実《ゆみ》ちゃんたちの横《よこ》で、チバ先輩《せんぱい》が言《い》う。すると、

「そもそもなんですが」

少《すこ》し離《はな》れたところに座《すわ》っていた瀧島君《たきしまくん》が、落《お》ち着《つ》いた表情《ひょうじょう》で口《くち》を開《ひら》いた。

「去年《きょねん》の美術部《びじゅつぶ》は装飾《そうしょく》だけで、出《だ》し物《もの》はしなかったっていう話《はなし》でしたよね。他《ほか》の部《ぶ》は、どんな出《だ》し物《もの》をしたんでしょうか？」

その顔《かお》がこちらに向《む》きそうになって、私《わたし》はあわてて視線《しせん》をそらした。

部活《ぶかつ》で今日初《きょうはじ》めて瀧島君《たきしまくん》と会《あ》ってから、まだ一言《ひとこと》も話《はな》していない。話《はなし》どころか、ろくに目《め》も合《あ》わせられていないんだ。

「ダンス部《ぶ》がダンスして、野球部《やきゅうぶ》はコント。演劇部《えんげきぶ》は、感動系《かんどうけい》の劇《げき》をやってたな。あとは……」

「たしか、有志《ゆうし》の合唱《がっしょう》もあったと記憶《きおく》している」

華麗《かれい》なターンを決《き》めた叶井先輩《かないせんぱい》が言《い》った。そのとなりで、同《おな》じく踊《おど》り終《お》わった夕実《ゆみ》ちゃんが「うーん」と腕《うで》を組《く》む。

「定番《ていばん》だけど、なんだかありきたりな感《かん》じもするような……どう、美羽《みう》ちゃん？」

名前《なまえ》を呼《よ》ばれた私《わたし》は、すぐさま夕実《ゆみ》ちゃんに顔《かお》を向《む》けた。

「そうだね。レイラ先輩《せんぱい》なら、なんでも喜《よろこ》んでくれるとは思《おも》うけど……どうせなら、少《すこ》しびっくりしてほしいって思《おも》うかも」

「びっくり、っていうと？」

瀧島君《たきしまくん》に聞《き》かれ、びくっと体《からだ》が震《ふる》える。

「え、えっと……何《なに》か、簡単《かんたん》には思《おも》いつかないような……これまでだれもやったことがないようなこと、とか？」

しどろもどろになりながら言《い》うと、チバ先輩《せんぱい》が「それいいな！」とひざを打《う》った。

「じゃあ、過去《かこ》二年間《ねんかん》でやった出《だ》し物《もの》とかぶっちゃダメだな。レイラ先輩《せんぱい》たちをあっと言《い》わせるような、キバツで斬新《ざんしん》なことを考《かんが》えねえと」

「ちょっと待《ま》て。それじゃあ、ダンスもコントもナシか？」

「劇《げき》や歌《うた》もな」

「ぬぬ。ハードルが上《あ》がったな……」

叶井先輩《かないせんぱい》が、眉間《みけん》にシワを寄《よ》せる。

「ではまず、過去《かこ》の出《だ》し物《もの》を調《しら》べるところから始《はじ》めましょうか。たしか生徒会室《せいとかいしつ》に、過去《かこ》の送《おく》る会《かい》のプログラムがあったと思《おも》いますが」

瀧島君《たきしまくん》の提案《ていあん》に、チバ先輩《せんぱい》が「いや」と首《くび》をふった。

「こないだ書類整理《しょるいせいり》をしたときに、ぜんぶ資料室《しりょうしつ》に移《うつ》したんだよ。二年前《ねんまえ》の出《だ》し物《もの》はオレも叶井《かない》も知《し》らねえから、見《み》にいく必要《ひつよう》があるな」

資料室《しりょうしつ》っていうのは、図書室《としょしつ》のとなりにある部屋《へや》のこと。

昔《むかし》の卒業《そつぎょう》アルバムも保管《ほかん》されてて、瀧島君《たきしまくん》といっしょに見《み》にいったこともあるんだ。

あれは、二人《ふたり》で力《ちから》を合《あ》わせて、咲田先輩《さきたせんぱい》に立《た》ち向《む》かおうとしてたときのことだった。

たくさん迷《まよ》って、怖《こわ》い思《おも》いや悲《かな》しい思《おも》いもしたけれど。あのときは瀧島君《たきしまくん》がそばにいてくれるっていう安心感《あんしんかん》のおかげで、勇気《ゆうき》を出《だ》して行動《こうどう》することができていた。

（でも、今《いま》は……）

「よし。そうと決《き》まれば善《ぜん》は急《いそ》げだな。資料室《しりょうしつ》に行《い》くぞ！」

叶井先輩《かないせんぱい》の言葉《ことば》で、みんなが立《た》ち上《あ》がった。

「美羽《みう》ちゃん、大丈夫《だいじょうぶ》？」

夕実《ゆみ》ちゃんに小声《こごえ》で言《い》われ、大《おお》きくうなずいた。

「うん。行《い》こう」

背中《せなか》に瀧島君《たきしまくん》の視線《しせん》を感《かん》じながら、私《わたし》は夕実《ゆみ》ちゃんといっしょに美術室《びじゅつしつ》を出《で》た。

3 思《おも》い出《で》の写《しゃ》真《しん》

「二年前《ねんまえ》も、わりかし似《に》たような演目《えんもく》だったんだな」

資料室《しりょうしつ》の机《つくえ》でプログラムを広《ひろ》げて、チバ先輩《せんぱい》が言《い》った。

「劇《げき》や合唱《がっしょう》が多《おお》い。あとは、メッセージ動画《どうが》くらいか」

「それじゃあ……クイズ大会《たいかい》とかどうですか？　あとは、ビンゴとか」

三年前《ねんまえ》のプログラムを見《み》て、そこにあるものを言《い》ってみる。

すると、棚《たな》の前《まえ》でさらに昔《むかし》のプログラムを見《み》ていた瀧島君《たきしまくん》が「そうだね」とうなずいた。

「三年生《ねんせい》も参加《さんか》して、いっしょに楽《たの》しめるもののほうがいいかもしれない」

「たしかに。レイラ先輩《せんぱい》のはりきる姿《すがた》が目《め》に浮《う》かぶようだ」

そう言《い》った叶井先輩《かないせんぱい》は、瀧島君《たきしまくん》のとなりで棚《たな》をながめていた。視線《しせん》の先《さき》には、卒業《そつぎょう》アルバムがずらりと収《おさ》められている。

「おい叶井《かない》。マジメに考《かんが》えろよ」

「考《かんが》えている。三年生《ねんせい》を送《おく》るにあたり、まずは卒業《そつぎょう》というものがどういうものなのか、理解《りかい》する必要《ひつよう》があると思《おも》ってな」

「ヒサシ君《くん》、小学校《しょうがっこう》のとき経験《けいけん》してるじゃん」

「小学校《しょうがっこう》と中学校《ちゅうがっこう》では違《ちが》うのだ、夕実《ゆみ》。中学卒業後《ちゅうがくそつぎょうご》は、大多数《だいたすう》の生徒《せいと》がばらばらの進路《しんろ》に進《すす》み、ヘタすれば成人式《せいじんしき》まで会《あ》えないわけだからな」

「成人式《せいじんしき》……って、いつだっけ？」

「月夜見市《つきよみし》は、二十歳《はたち》のタイミングで行《おこな》われるよ。五年間《ねんかん》会《あ》わない人《ひと》もいるってことだね」

（五年間《ねんかん》……！）

夕実《ゆみ》ちゃんに答《こた》える瀧島君《たきしまくん》の言葉《ことば》に、私《わたし》はがく然《ぜん》とした。

そう、だよね。べつべつの進路《しんろ》に進《すす》んだら、当《あ》たり前《まえ》には会《あ》えなくなる。

レイラ先輩《せんぱい》が留学《りゅうがく》を断《ことわ》った気持《きも》ちが、わかる気《き》がした。

卒業《そつぎょう》なんてまだ先《さき》のことだって思《おも》って、あんまり考《かんが》えないようにしてたけど。

中学校《ちゅうがっこう》の卒業《そつぎょう》って、本当《ほんとう》に大《おお》きな「お別《わか》れ」なんだ。

「そもそも、成人式《せいじんしき》に全員来《ぜんいんく》るかどうかもわからねえしな。一生《いっしょう》の別《わか》れってこともあるかもしれねえ」

「い、一生《いっしょう》……！」

「大丈夫《だいじょうぶ》だよ、沢辺《さわべ》さん。近《ちか》くに住《す》んでいるんだし、会《あ》いたいと思《おも》えばいつでも会《あ》える。ただ、その回数《かいすう》が減《へ》るってだけだよ」

「その、減《へ》るのが悲《かな》しいんだよー！」

夕実《ゆみ》ちゃんが私《わたし》の腕《うで》に抱《だ》きついた。

そっか。夕実《ゆみ》ちゃんとこうしていられるのも、あと二年《ねん》ちょっとなんだな。

ちらりと、瀧島君《たきしまくん》を見《み》る。

（私《わたし》と瀧島君《たきしまくん》の未来《みらい》は、いったいどうなるんだろう……）

きゅっと、胸《むね》がちぢむように痛《いた》んだ。

昨日《きのう》からずっと、わからないことだらけだ。

瀧島君《たきしまくん》が、何《なに》を考《かんが》えているのか。

力《ちから》を失《うしな》う条件《じょうけん》の「マイナスの感情《かんじょう》」って、いったい何《なん》のことなのか。

そして、瀧島君《たきしまくん》が望《のぞ》む未来《みらい》っていうのは、どんなものなのか。

今《いま》すぐ、知《し》りたいのに。瀧島君《たきしまくん》は、私《わたし》が力《ちから》を手放《てばな》す決心《けっしん》をしないと話《はな》してくれないって言《い》う。

どうしてだろう。どうして、隠《かく》しごとをするんだろう。

私《わたし》はもう、瀧島君《たきしまくん》にとって、信用《しんよう》できるパートナーじゃないのかな。

それとも……サキヨミの力《ちから》が弱《よわ》くなってきている私《わたし》といっしょに、過去《かこ》をまるごと手放《てばな》そうとしているのかな……。

すると、卒業《そつぎょう》アルバムをながめていた叶井先輩《かないせんぱい》が、とつぜん目《め》を輝《かがや》かせた。

「ひらめいたぞ！　三年間《ねんかん》の思《おも》い出《で》をふりかえってもらうために、写真《しゃしん》のスライドショーをするっていうのはどうだ？」

「あ、それは……写真部《しゃしんぶ》がやるって聞《き》きました」

瀧島君《たきしまくん》が、少《すこ》し言《い》いづらそうに言《い》う。

「ぐっ……！　残念《ざんねん》だ。いいアイディアだと思《おも》ったんだがな」

「でも、写真《しゃしん》を使《つか》うのはいいですね。ね、如月《きさらぎ》さん」

瀧島君《たきしまくん》が、とつぜん私《わたし》に目《め》を向《む》けた。その優《やさ》しい笑顔《えがお》に、思《おも》わずうなずいてしまう。

「そうだね。写真《しゃしん》を使《つか》って、何《なに》か美術部《びじゅつぶ》っぽいことができたらいいのかも……？」

「あっ、それいいね、美羽《みう》ちゃん！」

腕《うで》に抱《だ》きついたままの夕実《ゆみ》ちゃんが、にっこりする。

「なるほど。ライブペインティングみたいに、写真《しゃしん》をリアルタイムで描《か》いて再現《さいげん》する……のは、ちょっと時間《じかん》がシビアだよな」

「写真《しゃしん》を使《つか》った、三年生《ねんせい》が参加《さんか》できる形《かたち》のもの、ということだな」

先輩《せんぱい》たちが腕《うで》を組《く》んで考《かんが》えだす。

すると瀧島君《たきしまくん》が、棚《たな》から一冊《さつ》の卒業《そつぎょう》アルバムをぬき出《だ》した。

机《つくえ》に置《お》いて、ページをめくっていく。自然《しぜん》と、全員《ぜんいん》が卒業《そつぎょう》アルバムの周《まわ》りに集《あつ》まった。

(先生《せんせい》の写真《しゃしん》、集合写真《しゅうごうしゃしん》、クラスごとの個人写真《こじんしゃしん》……)

そのとなりで、叶井先輩《かないせんぱい》も持《も》っていた卒業《そつぎょう》アルバムを広《ひろ》げた。

「似顔絵《にがおえ》クイズ……は、むずかしいか」

そう言《い》って、個人写真《こじんしゃしん》のページをめくっていく。出《で》てきたのは、体育祭《たいいくさい》や修学旅行《しゅうがくりょこう》などの行事《ぎょうじ》を写《うつ》した写真《しゃしん》だった。

「やっぱ、行事《ぎょうじ》の写真《しゃしん》を使《つか》うのがよさそうだよな」

「チバ先輩《せんぱい》。ライブペインティング、できるかもしれません」

「え？」

瀧島君《たきしまくん》の言葉《ことば》で、全員《ぜんいん》が彼《かれ》に注目《ちゅうもく》した。

「三年生《ねんせい》の思《おも》い出《で》の写真《しゃしん》を描《か》いて、それが何《なん》の写真《しゃしん》なのか当《あ》ててもらう、というのはどうでしょうか。僕《ぼく》たち五人《にん》で、少《すこ》しずつ描《か》いていくんです。時間《じかん》を考《かんが》えるとあまり細《こま》かくは描《か》けませんから、ホワイトボードなんかにざっくり描《か》く形《かたち》でいいと思《おも》います。それで、こういう――」

そう言《い》って、お寺《てら》やバレーボールのネットを指《ゆび》さしていく。

「すぐに答《こた》えがわかってしまうようなものを最後《さいご》に描《か》くようにすれば、いろいろな答《こた》えが出《で》ておもしろいかもしれません」

「あっ、それ、盛《も》り上《あ》がりそう！」

「答《こた》えるほうもだが、描《か》くほうもおもしろそうだな」

夕実《ゆみ》ちゃんと叶井先輩《かないせんぱい》がいきいきとした表情《ひょうじょう》で言《い》う。

「ホワイトボードもいいが、後《うし》ろのほうは見《み》づらいかもしれねえな。紙《かみ》に描《か》いてるところを上《うえ》からスマホで撮影《さつえい》して、リアルタイムでスクリーンに映写《えいしゃ》するってのはどうだ？」

「スマホとプロジェクターを接続《せつぞく》すれば、できますね。その場合《ばあい》、先生《せんせい》の許可《きょか》が必要《ひつよう》になってくるとは思《おも》いますが」

「よし、勅使河原《てしがわら》にちょっと聞《き》いてみるわ」

勅使河原先生《てしがわらせんせい》は、私《わたし》のクラスの担任《たんにん》の先生《せんせい》だ。生徒会《せいとかい》の顧問《こもん》でもある。

「じゃあ、思《おも》い出《で》の写真《しゃしん》クイズで決《き》まりだな。美羽《みう》もいいか？」

「はい！　すごく、おもしろそうです」

言《い》いながら、瀧島君《たきしまくん》と目《め》が合《あ》う。

そのおだやかな表情《ひょうじょう》に少《すこ》し気持《きも》ちが楽《らく》になるけれど、昨日《きのう》のことを思《おも》い出《だ》してしまい、また胸《むね》がうずいた。

（もし、タイミングが合《あ》えば……少《すこ》しだけ、話《はな》してみようかな。昨日《きのう》のこと）

そうするには、すごく勇気《ゆうき》がいるけれど。

やっぱり、「わからない」っていう気持《きも》ちが大《おお》きくて、うまく考《かんが》えることができないんだ。

もう少《すこ》しだけ、瀧島君《たきしまくん》の考《かんが》えを教《おし》えてもらえたら。

サキヨミの力《ちから》を手放《てばな》すかどうか、決《き》めることができるかもしれない。


その後《ご》、チバ先輩《せんぱい》が職員室《しょくいんしつ》に行《い》って先生《せんせい》に相談《そうだん》する間《あいだ》、私《わたし》たちは美術室《びじゅつしつ》に戻《もど》って装飾《そうしょく》の制作《せいさく》を始《はじ》めることになった。ダンボールで作《つく》る、入場《にゅうじょう》ゲートだ。

デザイン画《が》はチバ先輩《せんぱい》がすでに描《か》いてくれていて、材料《ざいりょう》のダンボールも準備室《じゅんびしつ》にたっぷりある。

「プロジェクターとスマホの使用《しよう》にOKが出《で》たら、明日《あした》にでも参加申込書《さんかもうしこみしょ》出《だ》しとくわ。所要時間《しょようじかん》は、十五分《ふん》くらいか？」

「そうだな。準備《じゅんび》にもたつかなければ、それでじゅうぶんだろう」

チバ先輩《せんぱい》に答《こた》えて、叶井先輩《かないせんぱい》が言《い》う。

「美羽《みう》。悪《わる》いけど、資料室《しりょうしつ》の鍵《かぎ》、司書《ししょ》の先生《せんせい》に返《かえ》しておいてくれるか」

「あ、わかりました!」

鍵《かぎ》を私《わたし》に渡《わた》すと、チバ先輩《せんぱい》は資料室《しりょうしつ》を出《で》ていった。その後《あと》を追《お》うように、夕実《ゆみ》ちゃんと叶井先《かないせん》輩《ぱい》が続《つづ》く。

ふりかえると、瀧島君《たきしまくん》はまだ、開《ひら》いた卒業《そつぎょう》アルバムに目《め》を落《お》としていた。

「えっと……瀧島君《たきしまくん》。そろそろ、行《い》ける?」

おそるおそる声《こえ》をかけると、瀧島君《たきしまくん》ははっと顔《かお》を上《あ》げた。

「ごめん。今《いま》行《い》くよ」

卒業《そつぎょう》アルバムを棚《たな》に戻《もど》すと、瀧島君《たきしまくん》は資料室《しりょうしつ》の灯《あか》りを消《け》した。

鍵《かぎ》をかけて、司書《ししょ》の先生《せんせい》に返《かえ》す。

そうして図書室《としょしつ》を出《で》ようとしたとき、瀧島君《たきしまくん》が足《あし》を止《と》めた。

カウンター近《ちか》くの席《せき》に座《すわ》る女子生徒《じょしせいと》が、瀧島君《たきしまくん》をじっと見《み》ていたんだ。

リボンの色《いろ》が青《あお》かったから、二年生《ねんせい》だっていうことだけはわかった。短《みじか》い前髪《まえがみ》の下《した》の眉《まゆ》が、な

ぜだかぎゅっとしかめられている。

「遠野先輩《とおのせんぱい》、こんにちは」

視線《しせん》に気《き》づいた瀧島君《たきしまくん》が、声《こえ》をかけた。

すると彼女《かのじょ》は、ふいっと顔《かお》をそむけた。けわしい表情《ひょうじょう》のまま、机《つくえ》の上《うえ》のノートに視線《しせん》を落《お》とす。

そうして、瀧島君《たきしまくん》が最後《さいご》に会釈《えしゃく》をしても、顔《かお》を上《あ》げようとはしなかった。

図書室《としょしつ》を出《で》てから、思《おも》わずたずねる。

「あの、瀧島君《たきしまくん》。さっきの人《ひと》は……？」

「中央委員会《ちゅうおういいんかい》の現委員長《げんいいんちょう》、遠野小夜先輩《とおのさよせんぱい》だよ」

なるほど、とうなずく。瀧島君《たきしまくん》は、中央委員《ちゅうおういいん》に所属《しょぞく》しているんだ。

「なんだか……ちょっと、厳《きび》しそうな感《かん》じの人《ひと》だったね」

言葉《ことば》を選《えら》んで言《い》うと、瀧島君《たきしまくん》は苦笑《にがわら》いをした。

「たしかに、そうだね。遠野先輩《とおのせんぱい》は、ルールや時間《じかん》に厳《きび》しい人《ひと》なんだ。勉強《べんきょう》しているところに、いきなり声《こえ》をかけた僕《ぼく》が悪《わる》かった。図書室《としょしつ》では静《しず》かにしろって言《い》いたかったんだよ、きっと」

そうか、とひとまず納得《なっとく》して、廊下《ろうか》を歩《ある》きだす。

（でも、あんなふうに、あからさまに瀧島君《たきしまくん》を無視《むし》するなんて……）

びっくりして、ちょっと固《かた》まっちゃったよ。

瀧島君《たきしまくん》は、委員会《いいんかい》の仕事《しごと》で部活《ぶかつ》におくれたり休《やす》んだりすることがたまにある。その間《あいだ》にどんな人《ひと》といっしょにいるのかってこと、あんまり考《かんが》えたことがなかった。

当《あ》たり前《まえ》だけど、やっぱり私《わたし》、瀧島君《たきしまくん》のぜんぶを知《し》ってるわけじゃないんだな。

二人《ふたり》でならんで歩《ある》きながら、私《わたし》はちらりと彼《かれ》を見上《みあ》げた。

美術室《びじゅつしつ》まで、まだ少《すこ》し距離《きょり》がある。今《いま》が、話《はなし》をするチャンスかもしれない。

「瀧島君《たきしまくん》。その、昨日《きのう》のこと……なんだけど」

瀧島君《たきしまくん》の足《あし》が止《と》まった。次《つぎ》の言葉《ことば》を待《ま》つように、静《しず》かに私《わたし》を見《み》る。

「ちょっと混乱《こんらん》しちゃってて、うまく考《かんが》えられないっていうか……時間《じかん》が、かかりそうなの」

「待《ま》つよ」

即座《そくざ》に言《い》われて、言葉《ことば》につまる。

「いくらでも待《ま》つ。だから、ゆっくり考《かんが》えてほしい」

「あっ、待《ま》って！」

歩《ある》きだした瀧島《たきしま》君《くん》に、あわてて声《こえ》をかける。

「もう少《すこ》しだけ、教《おし》えてもらえないかな。その、『マイナスの感情《かんじょう》』が何《なん》なのか、とか」

瀧島君《たきしまくん》は、少《すこ》し目《め》を見開《みひら》いて私《わたし》を見《み》た。

しばらくそうした後《あと》で、何《なに》かを考《かんが》えるようにうつむく。

「……ごめん。もう少《すこ》しだけ、待《ま》ってほしい。調《しら》べたいことができたんだ」

「調《しら》べたいこと？」

それって、とたずねようとしたとき、

「おそいぞ、二人《ふたり》とも！」

美術室《びじゅつしつ》から、叶井先輩《かないせんぱい》が顔《かお》を出《だ》した。

「あっ、ごめんなさい！」

「すみません。さっそく、始《はじ》めましょうか」

がっかりした気持《きも》ちで美術室《びじゅつしつ》に入《はい》る。

(何《なん》にも、聞《き》けなかったな……)

その後《ご》、部活《ぶかつ》が終《お》わるまで、私《わたし》と瀧島君《たきしまくん》は言葉《ことば》をかわさないままだった。

4 三角公園《さんかくこうえん》で

「雪《ゆき》うさを、やめる⁉」

夕実《ゆみ》ちゃんが目《め》を丸《まる》くする。

ここは、学校《がっこう》の近《ちか》くにある三角公園《さんかくこうえん》。

その一角《いっかく》にあるベンチに、私《わたし》は夕実《ゆみ》ちゃんとならんで座《すわ》っていた。

昨日瀧島君《きのうたきしまくん》に言《い》われたことを、ぜんぶ夕実《ゆみ》ちゃんに話《はな》したんだ。

「それに、サキヨミの力《ちから》を手放《てばな》すって……。そっか。それで美羽《みう》ちゃん、朝《あさ》から様子《ようす》がおかしかったんだね」

そう言《い》って、夕実《ゆみ》ちゃんは納得《なっとく》したようにうなずいた。

「夕実《ゆみ》ちゃん、ありがとう。部活《ぶかつ》でも、気《き》にかけてくれて」

「ううん。美羽《みう》ちゃん、瀧島君《たきしまくん》と話《はな》さないし、顔《かお》も見《み》ようとしなかったからさ。瀧島君《たきしまくん》のほうは、美羽《みう》ちゃんのこと気《き》にして何度《なんど》も見《み》てたけど」

「えっ、そうなの？」

「うん。原因《げんいん》が自分《じぶん》にあるとはいえ、やっぱり美羽《みう》ちゃんのことが心配《しんぱい》なんじゃないかな」

そう……なのかな。

部活《ぶかつ》が終《お》わったとたん、何《なに》も言《い》わずに帰《かえ》ってしまった瀧島君《たきしまくん》の背中《せなか》を思《おも》い出《だ》し、胸《むね》がずきっと鳴《な》る。

昨日《きのう》は、何《なに》も言《い》われなかったけど。きっと、サキヨミ会議《かいぎ》もやめるってことなんだと思《おも》う。

瀧島君《たきしまくん》はもう、サキヨミをずっと見《み》ていないし。私《わたし》だって、日曜《にちよう》からはひとつも見《み》ていない。

そもそも今日《きょう》はほとんどずっとうつむいていて、美術部《びじゅつぶ》のメンバー以外《いがい》の人《ひと》の顔《かお》をほとんど見《み》ていないっていうのもあるかもしれないけど。

……あれ。

なんだか私《わたし》、瀧島君《たきしまくん》と会《あ》う前《まえ》の自分《じぶん》に、戻《もど》っちゃってる？

「それで、美羽《みう》ちゃんはどうするつもりなの？」

「え？」

「サキヨミの力《ちから》。瀧島君《たきしまくん》は、何《なに》かわかったんでしょ？　力《ちから》を失《うしな》う方法《ほうほう》について、その……マイナスの感情《かんじょう》？　がどうってやつ」

昨日《きのう》の瀧島君《たきしまくん》の言葉《ことば》を思《おも》い出《だ》しながら、「うん」とうなずく。

「詳《くわ》しくは話《はな》してくれなかったし、まだ仮説《かせつ》だとは言《い》ってたけど……瀧島君《たきしまくん》の考《かんが》えることだから、きっと当《あ》たってる気《き》がするの」

「そうだよね。咲田先輩《さきたせんぱい》のこともあるから、間違《まちが》いなさそうって感《かん》じがする。先輩《せんぱい》、サキヨミが見《み》えないままなんでしょ？」

そう。咲田先輩《さきたせんぱい》は、「まるで力《ちから》を失《うしな》ってしまったみたいに」、サキヨミを見《み》なくなってしまったんだって。

「マイナスの感情《かんじょう》が薄《うす》れると見《み》えなくなる」っていう瀧島君《たきしまくん》の考《かんが》えは、きっと咲田先輩《さきたせんぱい》の話《はなし》を聞《き》いて思《おも》いついたことなんだと思《おも》う。

咲田先輩《さきたせんぱい》がかかえていた、マイナスの感情《かんじょう》……。いったい、何《なん》なんだろう。

それと同《おな》じものが、瀧島君《たきしまくん》にも私《わたし》にもあって。

今《いま》、二人《ふたり》ともそれが薄《うす》れてきてる……ってことだよね。

「私《わたし》、わからないの。サキヨミの力《ちから》がなくなったときのこと、うまく想像《そうぞう》できなくて」

「美羽《みう》ちゃんは今《いま》まで、ほとんどの時間《じかん》を、サキヨミの力《ちから》を持《も》ったまま過《す》ごしてきたんだもんね」

「うん。だから……怖《こわ》いって、思《おも》ったんだ」

きゅっと、ひざの上《うえ》の拳《こぶし》をにぎる。

「力《ちから》が残《のこ》っていれば、今《いま》までみたいに、未来《みらい》を変《か》えるために行動《こうどう》できる。でも、力《ちから》がなかったら……サキヨミで見《み》るような恐《おそ》ろしい未来《みらい》を、現実《げんじつ》のものとして受《う》け止《と》めなきゃいけない。映像《えいぞう》で見《み》るだけでも怖《こわ》いことが、現実《げんじつ》に起《お》こってしまう。それが、すごく怖《こわ》いの」

「うん。そうだね。怖《こわ》いよね」

夕実《ゆみ》ちゃんの優《やさ》しい声《こえ》に、心《こころ》のフタがはずれたような感《かん》じがした。言葉《ことば》が、次《つぎ》から次《つぎ》へと口《くち》からあふれだしてくる。

「雪《ゆき》うさのことだって、いやだよ。瀧島君《たきしまくん》が雪《ゆき》うさをやっていること、瀧島君《たきしまくん》と同《おな》じ力《ちから》を持《も》ってるってことが、私《わたし》を支《ささ》えてくれてたのに。それがなくなったら、どうなっちゃうんだろう」

うんうん、と夕実《ゆみ》ちゃんは何度《なんど》もうなずいた。

「美羽《みう》ちゃんの言《い》ってること、わかるよ。雪《ゆき》うさがいなければ、ミミふわは生《う》まれてないもんね」

「そうなの。雪《ゆき》うさがいなくなったのにひとりでミミふわを続《つづ》けるなんて、とてもムリだよ。瀧《たき》島君《しまくん》が力《ちから》を失《うしな》って、私《わたし》もミミふわになれない状態《じょうたい》で、どうやって未来《みらい》を変《か》えればいいの？　これじゃあ、昔《むかし》の弱《よわ》かった自分《じぶん》に逆戻《ぎゃくもど》りだよ」

言《い》いながら、ひざに置《お》いた手《て》にきゅっと力《ちから》を入《い》れる。

すると、夕実《ゆみ》ちゃんが力強《ちからづよ》い声《こえ》で言《い》った。

「美羽《みう》ちゃんは、弱《よわ》くないよ」

え、と夕実《ゆみ》ちゃんに顔《かお》を向《む》ける。

大《おお》きな瞳《ひとみ》に、私《わたし》のおどろいた顔《かお》が映《うつ》っているのが見《み》えた。

「美羽《みう》ちゃんだから、ミミふわになれたんだよ。美羽《みう》ちゃんのしてきたことは、私《わたし》や瀧島君《たきしまくん》の中《なか》にしっかり残《のこ》ってる。何《なに》より美羽《みう》ちゃん自身《じしん》の中《なか》に、ずっとあり続《つづ》けるんじゃないかな」

そう言《い》うと、夕実《ゆみ》ちゃんは両手《りょうて》をベンチについて身《み》を乗《の》り出《だ》した。

「瀧島君《たきしまくん》が力《ちから》を失《うしな》ったり、雪《ゆき》うさがいなくなったりしたら、心細《こころぼそ》くなるのはわかるよ。当然《とうぜん》だよ。**だけど、何《なに》かが変《か》わっても――たとえ美羽《みう》ちゃんが力《ちから》を失《うしな》ったとしても、美羽《みう》ちゃんは美羽《みう》ちゃんなんだよ。未来《みらい》が見《み》えなくても、ミミふわにならなくても、変《か》わらずずっと、私《わたし》の親友《しんゆう》だよ」**

あたたかい言葉《ことば》に、ふっと胸《むね》が軽《かる》くなる。私《わたし》は思《おも》わず、夕実《ゆみ》ちゃんの手《て》を取《と》った。

「ありがとう、夕実《ゆみ》ちゃん。私《わたし》と、友達《ともだち》になってくれて。親友《しんゆう》になってくれて、ありがとう」

夕実《ゆみ》ちゃんが、ふわっと優《やさ》しい笑《え》みを浮《う》かべる。

「こちらこそ、だよ。私《わたし》、美羽《みう》ちゃんがいてくれて、同《おな》じクラスになって、いっしょに美術部《びじゅつぶ》に入《はい》れて、本当《ほんとう》によかった。美羽《みう》ちゃんは、私《わたし》の天使《てんし》だよ」

「て、天使《てんし》って……！」

いきなりの言葉《ことば》に、あたふたする。

「本当《ほんとう》だよ。前《まえ》に、美羽《みう》ちゃんをイメージした天使《てんし》のイラストをプレゼントしたでしょ。レイラ先輩《せんぱい》が下絵《したえ》を描《か》いたやつ。あれだって、レイラ先輩《せんぱい》が美羽《みう》ちゃんと天使《てんし》を結《むす》びつけてたからじゃないかな」

去年《きょねん》の私《わたし》の誕生日《たんじょうび》に、美術部《びじゅつぶ》のみんながプレゼントしてくれた絵《え》のことだ。描《か》かれている天使《てんし》の優《やさ》しさと、「私《わたし》をイメージして描《か》いた」というレイラ先輩《せんぱい》の言葉《ことば》、何《なに》よりみんなの思《おも》いがうれしくて、今《いま》も部屋《へや》の壁《かべ》に飾《かざ》ってある。

「美羽《みう》ちゃんはさ。いつも一生懸命《いっしょうけんめい》で、自分《じぶん》のことより他《ほか》の人《ひと》のことを考《かんが》えて、サキヨミの力《ちから》で人《ひと》を助《たす》けたいって、すごくがんばってきたでしょ。その優《やさ》しさとかひたむきさに、みんな救《すく》われてきたんじゃないかな」

「救《すく》われる……？」

うん、と夕実《ゆみ》ちゃんは真剣《しんけん》な表情《ひょうじょう》で続《つづ》ける。

「未来《みらい》が変《か》わることで助《たす》けられた人《ひと》はもちろん、近《ちか》くでそれを見《み》てきた瀧島君《たきしまくん》や私《わたし》、ヒサシ君《くん》たちだって、美羽《みう》ちゃんの姿《すがた》にすごく勇気《ゆうき》づけられてきたと思《おも》う。美羽《みう》ちゃんはなんだか、キラキラ光《ひか》って見《み》えるんだよ」

「そんな……！　ちょっと、言《い》い過《す》ぎだよ」

「ううん、そんなことない！　瀧島君《たきしまくん》はきっと、そんな美羽《みう》ちゃんだから……えっと、ずっとそばにいて、助《たす》けてくれてたんだと思《おも》うよ。美羽《みう》ちゃんがミミふわになれるって信《しん》じてくれたみたいに、今回《こんかい》だって、美羽《みう》ちゃんなら力《ちから》を手放《てばな》す決心《けっしん》ができるって信《しん》じてくれてるんじゃないかな」

はっと、目《め》の前《まえ》が明《あか》るくなったような気《き》がした。

そっか。瀧島君《たきしまくん》は、私《わたし》を信《しん》じてくれている。

信《しん》じて、私《わたし》の決断《けつだん》を待《ま》ってくれているんだ。

昨日《きのう》は突《つ》き放《はな》されたように感《かん》じたけど、そうじゃないのかもしれない。

瀧島君《たきしまくん》は、私《わたし》がひとりで考《かんが》える時間《じかん》を作《つく》ろうとしてくれているのかも……。

「でもねえ」

夕実《ゆみ》ちゃんが、腕《うで》を組《く》んでふーっと息《いき》をつく。

「かんじんなところを隠《かく》したままってのは、モヤモヤするよね。瀧島君《たきしまくん》のことだから、きっと理《り》由《ゆう》があるんだろうけど」

「うん。さっきも聞《き》いてみたんだけど、『調《しら》べたいことができたから待《ま》ってほしい』って言《い》われちゃって。結局《けっきょく》、何《なに》もわからないままなの」

「調《しら》べたいこと？　なんだろ。気《き》になるね」

そう言《い》って、夕実《ゆみ》ちゃんは首《くび》をひねった。

「でもさ。べつに、今《いま》すぐ決《き》めなくてもいいいんじゃないかな。だって、『サキヨミの力《ちから》を手放《てばな》すかどうか』って、人生《じんせい》に関《かか》わるようなすごく大《おお》きな選択《せんたく》でしょ。時間《じかん》をかけて、いっぱい迷《まよ》って、いっぱい考《かんが》えればいいと思《おも》う。瀧島君《たきしまくん》は、美羽《みう》ちゃんが納得《なっとく》のできる答《こた》えを出《だ》すまで、絶《ぜっ》対《たい》に待《ま》ってくれるよ」

「……うん。そうだね。きっと、そう」

心《こころ》に光《ひかり》が差《さ》してくるのを感《かん》じながら、静《しず》かに

息《いき》を吐《は》く。

「ありがとう、夕実《ゆみ》ちゃん。私《わたし》、じっくり考《かんが》えてみる」

「うん。それがいいよ」

「だからね。そのために……**瀧島君《たきしまくん》とは、少《すこ》し距離《きょり》を置《お》こうと思《おも》う**」

「えっ⁉　なっ、なんで⁉」

夕実《ゆみ》ちゃんが、ここに来《き》てから一番大《いちばんおお》きな声《こえ》を出《だ》す。

「さっき、言《い》ってくれたでしょ。瀧島君《たきしまくん》、私《わたし》のことを信《しん》じてくれてるんじゃないかって。だから、その気持《きも》ちに応《こた》えようと思《おも》ったんだ。それに、瀧島君《たきしまくん》といっしょにいたら、いろんな感情《かんじょう》がごちゃまぜになって、冷静《れいせい》に考《かんが》えられなくなっちゃう気《き》がするの。だから、しばらくの間《あいだ》はひとりでじっくり、サキヨミの力《ちから》と向《む》き合《あ》いたいんだ」

自分《じぶん》の気持《きも》ちをひとつずつ確認《かくにん》するようにしながら、言葉《ことば》に出《だ》していく。

夕実《ゆみ》ちゃんは腕《うで》を組《く》んだまま、「う〜ん」としばらく考《かんが》えこんだ。

「なるほど。そっか。そうだね。そのほうが、いいかもしれないね」

何度《なんど》かうなずくと、夕実《ゆみ》ちゃんは私《わたし》のほうへと顔《かお》を向《む》けた。

「瀧島君《たきしまくん》のかわりにはならないけど、私《わたし》、ずっと美羽《みう》ちゃんの味方《みかた》だからね。そばにいるからね」

「うん。ありがとう、夕実《ゆみ》ちゃん」

にっこりと笑《わら》い、顔《かお》を見合《みあ》わせる。

すると夕実《ゆみ》ちゃんが、何《なに》かを思《おも》い出《だ》したようにまばたきをした。

「そういえば。聞《き》きそびれてたけど、瀧島君《たきしまくん》にチョコ、渡《わた》せた？」

（あっ……）

ドキッとしたのを隠《かく》すように、夕実《ゆみ》ちゃんから視線《しせん》をはずす。

「……うん、渡《わた》したよ。チョコとカードのこと、『どういう意味《いみ》？』って聞《き》かれて……うまく、答《こた》えられなかった」

「そっか……」

夕実《ゆみ》ちゃんの声《こえ》から、さっきまでの元気《げんき》が消《き》えていた。あわてて、言葉《ことば》を継《つ》ぐ。

「なんか、思《おも》いを伝《つた》えるどころじゃなくなっちゃったね。ごめんね、夕実《ゆみ》ちゃん。いろいろ、協《きょう》力《りょく》してくれたのに」

「ぜんぜん。そういうのは、タイミングだもん。きっとこう、運命《うんめい》の流《なが》れ的《てき》に、今《いま》じゃないんだよ。大丈夫《だいじょうぶ》だよ、美羽《みう》ちゃん。瀧島君《たきしまくん》の転校《てんこう》だって阻止《そし》できたんだし、卒業《そつぎょう》までまだ時間《じかん》はいっぱいある。あせらず、ちょっとずつ進《すす》んでこう！」

「うん。今日《きょう》は本当《ほんとう》にありがとう、夕実《ゆみ》ちゃん」

そう言《い》って、夕実《ゆみ》ちゃんの顔《かお》を見《み》つめたときだった。

じじじ、という低《ひく》いノイズが、耳《みみ》にひびいた。

5 復活《ふっかつ》する力《ちから》

（え、まさか⁉）

ウソでしょ、とおどろきの言葉《ことば》をもらす間《ま》もなく、視界《しかい》が映像《えいぞう》へと切《き》りかわった。

——数学《すうがく》の先生《せんせい》が、黒板《こくばん》の前《まえ》でため息《いき》をついている。

「これは基本《きほん》だよ、沢辺《さわべ》さん。もう少《すこ》し授業《じゅぎょう》に身《み》を入《い》れてほしいんだけど」

そう言《い》われて、チョークを持《も》ったまま「はい……すみません」とうなだれる夕実《ゆみ》ちゃん。——

「美羽《みう》ちゃん？」

夕実《ゆみ》ちゃんの声《こえ》で、視界《しかい》が元《もと》に戻《もど》る。

そのきょとんした顔《かお》に向《む》かって、私《わたし》は静《しず》かに言《い》った。

「夕実《ゆみ》ちゃん。近《ちか》いうち、数学《すうがく》の授業《じゅぎょう》であてられるみたい。予習《よしゅう》していったほうがいいと思《おも》う」

「……え？」

夕実《ゆみ》ちゃんの目《め》が、ゆっくりと見開《みひら》かれる。

「美羽《みう》ちゃん。今《いま》、見《み》たの？　その……私《わたし》の、サキヨミ」

うん、と言《い》った唇《くちびる》が、わずかにこわばっているのを感《かん》じた。

「そっか……」

夕実《ゆみ》ちゃんは、地面《じめん》を見《み》るようにいったん視線《しせん》を落《お》とす。

そうして、すぐに私《わたし》を見《み》てうなずいた。

「わかった、ありがとう！　今日《きょう》から、予習《よしゅう》するね」

夕実《ゆみ》ちゃんが下《した》を見《み》ていた間《あいだ》、何《なに》を考《かんが》えていたのかがわかるようだった。

きっと、私《わたし》と同《おな》じ。「マイナスの感情《かんじょう》」のことだ。

瀧島君《たきしまくん》によれば、マイナスの感情《かんじょう》が薄《うす》れれば、サキヨミは見《み》えなくなる。

つまり見《み》えるときは、そのマイナスの感情《かんじょう》が濃《こ》くなっている、っていうことになる。

(でも……)

日曜《にちよう》——二日前《ふつかまえ》にも、見《み》たばかりだし。

夕実《ゆみ》ちゃんと顔《かお》を合《あ》わせていたのが、たまたま災難《さいなん》が起《お》こる前《まえ》のタイミングだったたってだけで。

べつに、怖《こわ》がるようなことじゃない。

一度《いちど》見《み》えたくらいで、「マイナスの感情《かんじょう》が濃《こ》くなっている」ってことにはならない……よね。

そもそも今《いま》は、夕実《ゆみ》ちゃんと話《はな》せて、心《こころ》が軽《かる》くなったところだった。

瀧島君《たきしまくん》、「ネガティブな感情《かんじょう》」、とも言《い》ってたよね。

悲《かな》しいとか、苦《くる》しいとか……今《いま》、べつにそんな気持《きも》ちはないように思《おも》えるんだけど。

そもそも瀧島君《たきしまくん》、「仮説《かせつ》」って言《い》ってたし。咲田先輩《さきたせんぱい》の言《い》っていた「恋《こい》をするとサキヨミが見《み》えなくなる」っていう考《かんが》えみたいに、もしかしたら間違《まちが》っているかもしれない。

今《いま》どれだけ考《かんが》えたって、わからないことはわからないんだから。

ひとまずは、今《いま》やるべきことに、目《め》を向《む》けていよう。


次《つぎ》の日《ひ》の、数学《すうがく》の授業中《じゅぎょうちゅう》。

「佐藤《さとう》さんはお休《やす》みだから……それじゃあ、沢辺《さわべ》さん」

「あ、はい！」

夕実《ゆみ》ちゃんは先生《せんせい》にさされて、教科書《きょうかしょ》の問題《もんだい》を黒板《こくばん》で解《と》くことになった。

結果《けっか》、見事《みごと》に正解《せいかい》。昨日《きのう》、ばっちり予習《よしゅう》をしてきたおかげだ。

席《せき》に戻《もど》るとき、夕実《ゆみ》ちゃんはちらっと私《わたし》に笑顔《えがお》を向《む》けてくれた。

無事《ぶじ》、夕実《ゆみ》ちゃんの未来《みらい》を変《か》えることができたんだ。

サキヨミが見《み》えてよかった。おかげで、夕実《ゆみ》ちゃんが悲《かな》しい思《おも》いをせずにすんだんだから。

(サキヨミの力《ちから》って……やっぱり、「いいもの」、なのかな)

そう思《おも》った矢先《やさき》。

私《わたし》はまたもや、ノイズの音《おと》を耳《みみ》にすることになったんだ。

それも、立《た》て続《つづ》けに二回《かい》も。

ひとつめは、同《おな》じクラスの服部《はっとり》さんのサキヨミだ。

——給食当番《きゅうしょくとうばん》の服部《はっとり》さんが、スープの缶《かん》を運《はこ》ぶときに手《て》をすべらせ、こぼしてしまう。

ふたつめは、廊下《ろうか》ですれ違《ちが》った二年生男子《ねんせいだんし》のサキヨミ。

――給食《きゅうしょく》のリクエスト放送《ほうそう》で、とつぜん「ヴォオオオオオ」と地響《じひび》きのような大音量《だいおんりょう》の声《こえ》が流《なが》れ、おどろいた先生《せんせい》と生徒《せいと》で教室内《きょうしつない》が軽《かる》いパニックになる。給食後《きゅうしょくご》、「さっき流《なが》れたヘビーメタル、おまえのリクエストだよね」と言《い》われて「いや、あれは間違《まちが》いだ」と首《くび》をふる二年生男子《ねんせいだんし》。

どちらも教室内《きょうしつない》の風景《ふうけい》だったおかげで、黒板《こくばん》の日付《ひづけ》でいつ起《お》こることなのか確認《かくにん》できた。ふたつとも、今日《きょう》起《お》こるサキヨミだ。

(どうしよう、瀧島君《たきしまくん》に相談《そうだん》して――)

と思《おも》って、すぐに首《くび》をふる。

大丈夫《だいじょうぶ》。そこまで大変《たいへん》な内容《ないよう》のサキヨミじゃない。どっちの未来《みらい》も、私《わたし》だけで変《か》えられる。

今《いま》は、三時間目《じかんめ》と四時間目《じかんめ》の間《あいだ》の休《やす》み時間《じかん》。四時間目《じかんめ》が終《お》わってすぐに行動《こうどう》すれば、きっと防《ふせ》げるはずだ。

ひとつめのサキヨミは簡単《かんたん》だ。給食《きゅうしょく》の配膳《はいぜん》が始《はじ》まる前《まえ》に、服部《はっとり》さんに直接《ちょくせつ》気《き》をつけるように言《い》えばいい。

問題《もんだい》は、ふたつめだ。

うちのお昼《ひる》のリクエスト放送《ほうそう》は、二時間目《じかんめ》が終《お》わるまでに曲名《きょくめい》とアーティスト名《めい》を書《か》いた紙《かみ》を放送委員《ほうそういいん》に渡《わた》す、というやり方《かた》で行《おこな》われている。

放送委員《ほうそういいん》は、ストリーミングサービスを使《つか》ってタブレットで曲《きょく》を検索《けんさく》し、それを流《なが》すんだ。

サキヨミで流《なが》れた地響《じひび》きみたいな声《こえ》の後《あと》には、ドラムとかギターとかの激《はげ》しい演奏《えんそう》や、さけぶような歌声《うたごえ》が続《つづ》いていた。「ヘビーメタル」っていうのはたぶん、こういう曲調《きょくちょう》の音楽《おんがく》をさすジャンルのことで、曲名《きょくめい》じゃないよね。

「おまえのリクエストだよね」って言《い》ったのは、たぶんあのクラスの放送委員《ほうそういいん》だ。リクエストの紙《かみ》を渡《わた》してきた相手《あいて》だったから、ああ言《い》ったんじゃないかな。

だけどそれに答《こた》えた男子《だんし》は、「間違《まちが》いだ」って言《い》った。

間違《まちが》いって、どういうことだろう。

放送委員《ほうそういいん》が、リクエストとは違《ちが》う曲《きょく》を流《なが》してしまったってことなのかな。

それとも、あの男子《だんし》がリクエストの紙《かみ》に、間違《まちが》った曲名《きょくめい》を書《か》いてしまったのかもしれない。

とにかく、何《なに》かの「間違《まちが》い」を直《なお》すことができれば、あのサキヨミは現実《げんじつ》にはならない。

とつぜんの大《おお》きな声《こえ》におどろいたせいで給食《きゅうしょく》をのどにつまらせたり、牛乳《ぎゅうにゅう》をこぼしたりする生徒《せいと》はいなくなる。二年生男子《ねんせいだんし》も、そのことに責任《せきにん》を感《かん》じずにすむんだ。

四時間目《じかんめ》が終《お》わると、私《わたし》はすぐさま服部《はっとり》さんのもとへと急《いそ》いだ。

「服部《はっとり》さん。給食《きゅうしょく》のスープの缶《かん》、運《はこ》ぶとき気《き》をつけて！」

「えっ？　あ、うん……？」

きょとんとした様子《ようす》の服部《はっとり》さんを残《のこ》して、すぐに教室《きょうしつ》を出《で》る。

各《かく》クラスの放送委員《ほうそういいん》はもう、リクエストの紙《かみ》を放送室《ほうそうしつ》に持《も》っていったはずだ。

それを見《み》せてもらって、何《なに》が間違《まちが》いなのかをその場《ば》で判断《はんだん》するしかない。

音楽《おんがく》には詳《くわ》しくないけど、放送室《ほうそうしつ》にはタブレットもある。最悪《さいあく》、曲名《きょくめい》で調《しら》べていけばなんとかなるはずだ。

でも……そうするには、不自然《ふしぜん》にならないよう、不審《ふしん》がられないようにする必要《ひつよう》がある。

（……大丈夫《だいじょうぶ》。私《わたし》は、ミミふわでもあるんだから）

ぐっと拳《こぶし》をにぎりこんで、放送室《ほうそうしつ》の前《まえ》に立《た》つ。

「あの、すみません！」

ノックをして声《こえ》をかけると、ひとりの女子生徒《じょしせいと》が出《で》てきた。青《あお》いリボン。二年生《ねんせい》の放送委員《ほうそういいん》だ。

「どうしたの？」

きょとんとした顔《かお》でたずねられる。

私《わたし》は自分《じぶん》の中《なか》の「ミミふわ」を引《ひ》きずり出《だ》すように、にっこりと笑顔《えがお》を作《つく》った。

「今日《きょう》、友達《ともだち》が曲《きょく》をリクエストしたんですけど、曲名《きょくめい》を間違《まちが》えて書《か》いちゃったかもしれないらしいんです。本人《ほんにん》は給食当番《きゅうしょくとうばん》で来《こ》られないので、代理《だいり》で来《き》ました」

リクエストの紙《かみ》に、名前《なまえ》を書《か》く必要《ひつよう》はない。だからこのウソも、バレる心配《しんぱい》はないはずだ。

放送委員《ほうそういいん》の先輩《せんぱい》は、「ああ、そうなの？」とドアを大《おお》きく開《あ》けた。

「今《いま》、ちょうどプレイリスト作《つく》ってるとこだったんだよ。入《はい》りなよ」

「ありがとうございます！」

中《なか》に入《はい》ると、もうひとりの放送委員《ほうそういいん》の二年生男子《ねんせいだんし》が、放送機材《ほうそうきざい》の前《まえ》でタブレットを操作《そうさ》しているところだった。後《うし》ろの机《つくえ》に、リクエストが書《か》かれた紙《かみ》が広《ひろ》げられている。

紙《かみ》は、ぜんぶで六枚《まい》あった。その中《なか》に、私《わたし》が知《し》っている曲《きょく》はひとつだけ。あとはぜんぶ、初《はじ》めて見《み》る曲名《きょくめい》だ。

（でも、サキヨミで聞《き》いたあのヘビーメタル……英語《えいご》、だったような気《き》がする）

ほとんどさけび声《ごえ》だったからなんて言《い》っていたのかよくわからなかったけど、少《すこ》しだけ聞《き》き取《と》れた単語《たんご》は、日本語《にほんご》ではないようだった。

ということは、洋楽《ようがく》？

曲《きょく》もアーティスト名《めい》も英語《えいご》っぽいのは、三枚《まい》ある。

そのうち一枚《まい》のアーティストは「Silverberry」――シルバーベリー？

あっ、思《おも》い出《だ》した。これはたしか、夕実《ゆみ》ちゃんが最近《さいきん》お気《き》に入《い》りのロックバンドの名前《なまえ》だ。

（となると、残《のこ》りは……）

『Tempest《テンペスト》／84cats』と、『ブラック・エンジェル／Ivy』のふたつだ。

「見《み》つかった？」

女子《じょし》の先輩《せんぱい》に聞《き》かれる。

「えっと……すみません。ちょっと、確認《かくにん》してからでいいですか」

私《わたし》はタブレットを持《も》つ男子《だんし》の先輩《せんぱい》に歩《あゆ》みより、そっとたずねた。

「あの。ここにある曲《きょく》って、全部《ぜんぶ》、検索《けんさく》してちゃんと出《で》てきましたか？」

「もちろん。アーティスト名《めい》もばっちりだよ。ほら」

画面《がめん》のプレイリストを見《み》せてくれる。そこにはたしかに、「Ｔｅｍｐｅｓｔ《テンペスト》」と「ブラック・エンジェル」と書《か》かれていた。アーティスト名《めい》も一字一句《いちじいっく》、まったく同《おな》じだ。

「これは、どちらも洋楽《ようがく》ですか？」

「洋楽《ようがく》？　ああ、そうだと思《おも》う。歌詞《かし》も全部英語《ぜんぶえいご》みたいだし」

タブレットの画面《がめん》に目《め》を落《お》としながら、男子《だんし》の先輩《せんぱい》が言《い》う。

「曲《きょく》のジャンルとかわかりますか？」

「ジャンル？　は、わからないけど……どっちもバンドっぽいね」

「一ノ瀬《いちのせ》。もうすぐ時間《じかん》だよ」

女子《じょし》の先輩《せんぱい》に言《い》われ、「ああ」と男子《だんし》がうなずいた。二人《ふたり》の視線《しせん》が、私《わたし》に注《そそ》がれる。

（……どうしよう。わからない。どっちが「間違《まちが》い」なの……？）

机《つくえ》にならんだ紙《かみ》をぐるぐると見回《みまわ》す。そもそもこの二枚《まい》のうちのどっちかだろうっていう推理《すいり》も、間違《まちが》ってるかもしれない。

そのとき、一枚《まい》の紙《かみ》に目《め》が留《と》まった。カタカナで書《か》かれている、「ブラック・エンジェル」だ。

なぐり書《が》きの字《じ》を見《み》て思《おも》い出《だ》したのは、深谷先輩《ふかやせんぱい》がレイラ先輩《せんぱい》にあてて書《か》いた手紙《てがみ》のことだ。

あのとき私《わたし》、一部《いちぶ》がカタカナで書《か》かれていた「昇降口《しょうこうぐち》」がちゃんと読《よ》めなかったんだよね。

漢字《かんじ》の「口《くち》」が、カタカナの「ロ」に見《み》えてしまったんだ。

この紙《かみ》の字《じ》も、深谷先輩《ふかやせんぱい》が急《いそ》いで書《か》いた字《じ》みたいに、かなり雑《ざつ》に書《か》かれている。

もしかして……読《よ》み間違《まちが》えてる?

『ブラック・エンジェル／Ivy』という文字《もじ》を、じっと見《み》つめる。

あれ？　ブラック・エンジェル——黒《くろ》い天使《てんし》って、最近《さいきん》どこかで聞《き》いたような……？

（——あっ⁉）

「あの！」

私《わたし》の声《こえ》に、男子《だんし》の先輩《せんぱい》がびくっとする。

「ブラック・エンジェル」の紙《かみ》を彼《かれ》に見《み》せ、私《わたし》は言《い》った。

「これって、アーティスト名で検索《けんさく》しました？　アルファベットで」

『Ivy』の部分《ぶぶん》を指《ゆび》さすと、男子《だんし》はうなずいた。

「うん、そのままI、v、yで検索《けんさく》したよ。たぶん『アイヴィー』って読《よ》むんじゃないかな」

やっぱり、と勢《いきお》いづいて続《つづ》ける。

「これ、アルファベットじゃなくて、カタカナじゃないでしょうか」

「カタカナ？」

「はい。カタカナで、『エレン』だと思《おも》います」

「エレン……？」

女子《じょし》の先輩《せんぱい》も近《ちか》づいてくる。私《わたし》は彼女《かのじょ》にも見《み》えるように紙《かみ》をつき出《だ》した。

Iとエ、vとレは似《に》てる。最後《さいご》の小文字《こもじ》のyは、よく見《み》ると二本《ほん》の線《せん》がちょっと離《はな》れている。これは雑《ざつ》に書《か》かれた「ン」だ。長《なが》い線《せん》の右上部分《みぎうえぶぶん》がかすれているのは、左下《ひだりした》から右上《みぎうえ》にはね上《あ》げて書《か》かれたからだろう。

「字《じ》が雑《ざつ》なので、アルファベットに見《み》えちゃったんだと思《おも》います。もう一度《いちど》、エレンで検索《けんさく》し直《なお》してもらえませんか」

「ええと、エレン……あ、もしかして、これ？」

男子《だんし》がタブレットの画面《がめん》を傾《かたむ》けて見《み》せてくれる。

そこには、『ブラック・エンジェル／エレン（ミケネコ戦士《せんし》より）』という曲《きょく》が表示《ひょうじ》されていた。

そう。私《わたし》は、叶井先輩《かないせんぱい》の言葉《ことば》を思《おも》い出《だ》したんだ。

先輩《せんぱい》は、「エレン、通称《つうしょう》『漆黒《しっこく》の天使《てんし》』」って言《い》っていた。

漆黒《しっこく》の天使《てんし》——黒《くろ》い天使《てんし》。つまり、「ブラック・エンジェル」だ。

「ああ、アニソンだったの？　なるほどね。ミケネコ戦士《せんし》、今《いま》ちょっとはやってるもんね」

女子《じょし》の先輩《せんぱい》が納得《なっとく》したように言《い》った。

「よし。プレイリスト、正《ただ》しいほうに入《い》れ替《か》えたぞ。って、やばい、もう始《はじ》めないと」

男子《だんし》が放送《ほうそう》の準備《じゅんび》を始《はじ》めると、女子《じょし》がほっとしたように私《わたし》を見《み》た。

「ギリギリ間《ま》に合《あ》ったね。よかったよ」

「はい。ありがとうございました！」

笑顔《えがお》で頭《あたま》を下《さ》げて、私《わたし》は放送室《ほうそうしつ》を後《あと》にした。

6 拒絶《きょぜつ》とウワサ

「ふう……」

放課後《ほうかご》。部活《ぶかつ》に向《む》かうため、私《わたし》はひとりで階段《かいだん》を上《のぼ》っていた。

あの後《あと》、給食《きゅうしょく》の放送《ほうそう》でヘビーメタルがかかることはなかった。

かわりに流《なが》れたのは、「ミケネコ戦士《せんし》」のエレンが歌《うた》う、気持《きも》ちのこもったバラードだった。

(流《なが》されるはずだった曲《きょく》、ちょっと聞《き》いてみたいな。帰《かえ》ったら、「Ｉｖｙ」で検索《けんさく》してみようかな)

給食《きゅうしょく》のわかめごはんを食《た》べながらそんなことを思《おも》っていると、とつぜんノイズの音《おと》が耳《みみ》をおそった。

私《わたし》はびくっとして、思《おも》わず身《み》がまえた。

でもそれは、スピーカーから流《なが》れている「ブラック・エンジェル」の、間奏《かんそう》の一部《いちぶ》だったんだ。

ふう、ともう一度《いちど》ため息《いき》をつく。

ノイズの音《おと》で、サキヨミが見《み》えるんじゃないかってびくびくしちゃうだなんて。

なんだかほんとに、瀧島君《たきしまくん》と会《あ》う前《まえ》の私《わたし》に戻《もど》っちゃったような気《き》がするよ。

(だけど……よかったよね)

立《た》て続《つづ》けに、たくさんサキヨミを見《み》て。どれも小《ちい》さなものだったとはいえ、瀧島君《たきしまくん》に相談《そうだん》することなく、ひとりで未来《みらい》を変《か》えることができた。

悲《かな》しい思《おも》い、つらい思《おも》いをしてしまうところだった人《ひと》を、助《たす》けることができたんだ。

サキヨミの力《ちから》は、持《も》っている人《ひと》にとっては重荷《おもに》かもしれないけど。

人《ひと》を助《たす》けることができる、すばらしい力《ちから》でもあるんだよね。

そう思《おも》ったとき、ふと「マイナスの感情《かんじょう》」のことが頭《あたま》をよぎる。

――**マイナスの感情《かんじょう》が薄《うす》れれば、サキヨミが見《み》えなくなる。**

これが本当《ほんとう》なら、こんなに何度《なんど》もサキヨミが見《み》えるのは、やっぱり私《わたし》の中《なか》のマイナスの感情《かんじょう》が大《おお》きくなってるから……ってことになるのかな。

私《わたし》の持《も》つ、マイナスの感情《かんじょう》。それっていったい、何《なん》なんだろう。

しいて言《い》えば、「不安《ふあん》」っていうのがあてはまるかもしれない。

サキヨミの力《ちから》のこと、瀧島君《たきしまくん》の言《い》っていたこと。自分《じぶん》がどうすればいいのか、未来《みらい》がどうなっていくのか。わからないことが多《おお》すぎて、それが不安《ふあん》だ。

だけど……瀧島君《たきしまくん》と出会《であ》う前《まえ》は、違《ちが》ったよね。

サキヨミを見《み》たくない、見《み》えたら怖《こわ》いっていう思《おも》いはあったけど。今《いま》かかえている不安《ふあん》とは、だいぶ違《ちが》う気《き》がする。

(ううん……やっぱり、わからないや)

私《わたし》は気持《きも》ちをリセットするように、深《ふか》く息《いき》を吐《は》いた。


美術室《びじゅつしつ》に入《はい》ると、もうみんな勢《せい》ぞろいしていた。

チバ先輩《せんぱい》に、瀧島君《たきしまくん》。図書室《としょしつ》に用《よう》があった夕実《ゆみ》ちゃんも、叶井先輩《かないせんぱい》のとなりに座《すわ》っている。

「おお、来《き》たな、美羽《みう》。今《いま》、『送《おく》る会《かい》』の話《はなし》をしてたんだ」

チバ先輩《せんぱい》が、笑顔《えがお》を私《わたし》に向《む》けた。

「今日《きょう》の昼休《ひるやす》みに、参加申込書《さんかもうしこみしょ》を出《だ》したんだよ。同《おな》じクラスに中央委員《ちゅうおういいん》の副委員長《ふくいいんちょう》がいるから、そいつに」

「中央委員《ちゅうおういいん》？　あれ、『三年生《ねんせい》を送る会《おくかい》』って、生徒会《せいとかい》が仕切《しき》るんじゃないんですか？」

夕実《ゆみ》ちゃんが首《くび》をかしげると、叶井先輩《かないせんぱい》が答《こた》えた。

「生徒会《せいとかい》は人数《にんずう》が少《すく》ないからな。送《おく》る会《かい》の運営《うんえい》は、一・二年《ねん》の中央委員《ちゅうおういいん》がやると決《き》まっているんだ」

なるほど。それじゃあ瀧島君《たきしまくん》も、送《おく》る会《かい》の仕事《しごと》があるんだろうな。

ちらっと瀧島君《たきしまくん》を見《み》る。すると彼《かれ》は、チバ先輩《せんぱい》を見《み》て口《くち》を開《ひら》いた。

「それじゃあ、さっそく準備《じゅんび》をしましょうか。まずは、写真《しゃしん》の選定《せんてい》をしないとですよね」

「だな。よし、先生《せんせい》から預《あず》かったデータがあるから……」

「――ちょっと待《ま》ったあ！」

ドアのほうから聞《き》こえた声《こえ》に、全員《ぜんいん》がそちらをふりかえった。

そこには、ひょろりとした男子生徒《だんしせいと》が立《た》っていた。青《あお》いネクタイということは、二年生《ねんせい》だ。

その顔《かお》を見《み》て、私《わたし》はあっと声《こえ》を上《あ》げそうになった。

（この人《ひと》、今日《きょう》サキヨミで見《み》た、「ブラック・エンジェル」をリクエストした男子《だんし》だ……！）

「……びっくりした。なんだよ、アサミ」

目《め》を丸《まる》くしているチバ先輩《せんぱい》をよそに、アサミと呼《よ》ばれた男子《だんし》は私《わたし》たちに歩《あゆ》みよった。

「とつぜんすみません。中央委員副委員長《ちゅうおういいんふくいいんちょう》の朝海《あさみ》です。朝《あさ》ごはんの朝《あさ》に海亀《うみがめ》の海《うみ》と書《か》きます」

そう言《い》うと、くるりと体《からだ》を回転《かいてん》させてチバ先輩《せんぱい》に向《む》き直《なお》った。そうして、手《て》に持《も》っていた一枚《まい》の紙《かみ》をつき出《だ》す。

「ごめん、チバ。悪《わる》いんだけど、**この申込書《もうしこみしょ》はお返《かえ》しするよ**」

「……は？」

チバ先輩《せんぱい》は固《かた》まったまま、朝海先輩《あさみせんぱい》を見《み》つめている。すると叶井先輩《かないせんぱい》がガタッと立《た》ち上《あ》がった。

「どういうことだ、朝海君《あさみくん》。参加申込書《さんかもうしこみしょ》に、何《なに》か不備《ふび》があったのか？」

その言葉《ことば》で、瀧島君《たきしまくん》が朝海先輩《あさみせんぱい》の持《も》つ紙《かみ》を受《う》け取《と》った。朝海先輩《あさみせんぱい》は、ふるふると首《くび》をふる。

「委員長《いいんちょう》からの伝言《でんごん》だよ。『もう出《だ》し物《もの》の枠《わく》がいっぱいで時間《じかん》がないから、出《だ》し物《もの》はあきらめてほしい。例年《れいねん》どおり、装飾《そうしょく》だけ頼《たの》む』って」

「時間《じかん》がない……だと？」

「そう。送《おく》る会《かい》は、五・六時間目《じかんめ》の枠《わく》の中《なか》で終《お》わらせなきゃならない。他《ほか》の団体《だんたい》の出《だ》し物《もの》だけで、六時間目《じかんめ》の終《お》わりギリギリになっちゃうんだ。**だから今回《こんかい》は、あきらめてくれ。ごめん！**」

そう言《い》って、朝海先輩《あさみせんぱい》は申《もう》し訳《わけ》なさそうに両手《りょうて》を合《あ》わせた。

「待《ま》ってください」

紙《かみ》に目《め》を落《お》としていた瀧島君《たきしまくん》が、静《しず》かにそれを掲《かか》げた。

「この申込書《もうしこみしょ》に不備《ふび》はありません。それに、提出締《ていしゅつし》め切《き》りは今日《きょう》だったはずです。なぜ他《ほか》の団体《だんたい》でなく、僕《ぼく》たち美術部《びじゅつぶ》だけが参加《さんか》できないことになるんでしょうか」

ああ、と朝海先輩《あさみせんぱい》が苦笑《にがわら》いをする。

「そこは単純《たんじゅん》に、早《はや》い者順《ものじゅん》なんだ。美術部《びじゅつぶ》の申込書《もうしこみしょ》の提出《ていしゅつ》が、最後《さいご》だったってこと。美術部《びじゅつぶ》だからダメとか内容《ないよう》がダメとか、そういうことじゃないよ」

チバ先輩《せんぱい》の眉《まゆ》がつり上《あ》がる。

「早《はや》い者順《ものじゅん》なんて、そんなルール聞《き》いてねえけど」

「ごめん。例年《れいねん》より参加団体《さんかだんたい》がちょっと多《おお》めだったみたいでね。早《はや》い者順《ものじゅん》が一番公平《いちばんこうへい》だからって、小夜《さよ》ちゃ……委員長《いいんちょう》が、さっき決《き》めたんだよ」

あ、と思《おも》い出《だ》す。

小夜《さよ》——遠野小夜《とおのさよ》さん。図書室《としょしつ》で見《み》た、ちょっと厳《きび》しそうな印象《いんしょう》の、中央委員長《ちゅうおういいんちょう》の名前《なまえ》だ。

「それなら所要時間《しょようじかん》を変《か》えて、十五分《ふん》のところを十分《ぷん》にする。それでなんとか、ねじこめねえか？」

「あいにくだけど、十分《ぷん》でもムリなんだ。本当《ほんとう》にぎちぎちでね」

チバ先輩《せんぱい》に言《い》うと、朝海先輩《あさみせんぱい》はきゅっと表情《ひょうじょう》を引《ひ》きしめた。

「早《はや》い者順《ものじゅん》って決《き》まった以上《いじょう》、参加《さんか》はあきらめてもらうしかない。チバだって、小夜《さよ》ちゃんの性《せい》格《かく》はよく知《し》ってるだろ？　一度決《いちどき》めたことは、絶対《ぜったい》にくつがえさないよ」

「遠野《とおの》のことは、よく知《し》らねえよ。オレが知《し》ってるのは、去年《きょねん》のことくらいだ」

「ああもう、またそれか。あれは、おれが悪《わる》いんだって話《はな》したと思《おも》うんだけどなあ」

(去年《きょねん》のこと……？)

なんだろう、と思《おも》う間《ま》にも、チバ先輩《せんぱい》と朝海先輩《あさみせんぱい》は言《い》い合《あ》いを続《つづ》けた。

叶井先輩《かないせんぱい》も何《なに》か言《い》いたそうだったけれど、チバ先輩《せんぱい》の勢《いきお》いに口《くち》をはさめないようだった。

「――おれだって、すごく残念《ざんねん》に思《おも》ってるんだ。美術部《びじゅつぶ》の出《だ》し物《もの》、見《み》てみたかったからさ」

朝海先輩《あさみせんぱい》の言葉《ことば》に、チバ先輩《せんぱい》はふーっとため息《いき》をついた。

「……わかった。ひとまず、伝言《でんごん》は受《う》け取《と》る」

「ありがとう、チバ。次《つぎ》の機会《きかい》を、楽《たの》しみにしてるよ」

ぽん、といたわるようにチバ先輩《せんぱい》の肩《かた》をたたいて、朝海先輩《あさみせんぱい》は美術室《びじゅつしつ》から出《で》ていった。

「送《おく》る会《かい》、出《で》られないんですか？」

夕実《ゆみ》ちゃんが、泣《な》きそうな表情《ひょうじょう》で言《い》う。

「悪《わる》い。オレのせいだ。参加申込書《さんかもうしこみしょ》の提出《ていしゅつ》がおくれたのは、事実《じじつ》だからな」

「チバ先輩《せんぱい》のせいじゃないです。たまたま、出《だ》し物《もの》をしたい団体《だんたい》が多《おお》かったから……ってことですよね」

私《わたし》が言《い》うと、叶井先輩《かないせんぱい》が「それは本当《ほんとう》なのか？」と瀧島君《たきしまくん》を見《み》た。

「おそらく、そうなんだと思《おも》います。申込書《もうしこみしょ》は委員長《いいんちょう》が管理《かんり》しているので、僕《ぼく》はすべて見《み》たわけじゃないんですが……」

「じゃあ、あきらめるしかないってことだね。残念《ざんねん》だけど……」

夕実《ゆみ》ちゃんが肩《かた》を落《お》とす。

「だけどオレは、遠野《とおの》のやり方《かた》が気《き》に食《く》わねえ。早《はや》い者順《ものじゅん》ってルールを後《あと》から決《き》めた上《うえ》に、反論《はんろん》も受《う》けつけねえとか、ちょっとどうかと思《おも》うぜ」

チバ先輩《せんぱい》は、叶井先輩《かないせんぱい》にじろりと目《め》を向《む》けた。

「オマエのクラスだろ、叶井《かない》。オレはほとんど、ウワサでしかあいつのことを知《し》らない。実際《じっさい》、どんなやつなんだ？」

「遠野《とおの》さんか。倉元《くらもと》さんに似《に》て、とても真面目《まじめ》な優等生《ゆうとうせい》だが……彼女《かのじょ》より少《すこ》し、厳《きび》しい性格《せいかく》かもしれないな。細《こま》かくて何事《なにごと》にもきっちりしているし、何《なに》より決《き》まりごとや時間《じかん》にうるさい。だが」

叶井先輩《かないせんぱい》は、そこで一瞬言葉《いっしゅんことば》を止《と》めた。

「——例《れい》の事件以降《じけんいこう》、かなりおとなしくなった。話《はな》しかけられれば答《こた》えるが、自分《じぶん》から人《ひと》と関《かか》わるのを避《さ》けているようにも見《み》える。日中《にっちゅう》はほとんどひとりで、席《せき》で読書《どくしょ》をしているな」

「そうか。なるほどな……」

「あの、すみません。『例《れい》の事件《じけん》』というのは、もしかして去年《きょねん》の朝礼《ちょうれい》のことですか？」

瀧島君《たきしまくん》に問《と》われ、チバ先輩《せんぱい》がうなずく。

「そうだ。朝礼《ちょうれい》の最中《さいちゅう》、朝海《あさみ》が倒《たお》れたことがあったんだよ。覚《おぼ》えてるか？」

（朝礼《ちょうれい》で……？　あっ！）

思《おも》い出《だ》した。そういえば、二年生《ねんせい》の男子《だんし》が倒《たお》れて、先生《せんせい》に運《はこ》ばれていったことがあった。

「あれ、朝海先輩《あさみせんぱい》だったんですね。さっきチバ先輩《せんぱい》が言《い》っていた、去年《きょねん》のことっていうのも……」

「その朝礼《ちょうれい》のことだ」

私《わたし》の言葉《ことば》に、チバ先輩《せんぱい》が答《こた》えた。

「朝海《あさみ》は去年《きょねん》、前期《ぜんき》の生徒会《せいとかい》で書記《しょき》を務《つと》めてたんだ。で、同《おな》じ時期《じき》に遠野《とおの》は副会長《ふくかいちょう》だった。副会《ふくかい》長《ちょう》は各委員《かくいいん》との連絡係《れんらくがかり》とか書類不備《しょるいふび》の指摘《してき》、アンケートの集計《しゅうけい》とか、けっこうこまごました雑用《ざつよう》をまかされることが多《おお》いんだよ」

チバ先輩《せんぱい》は続《つづ》ける。

「それで、大変《たいへん》そうにしている遠野《とおの》を見《み》かねて、朝海《あさみ》は遠野《とおの》の仕事《しごと》を率先《そっせん》して手伝《てつだ》ってたらしい。朝海《あさみ》は人当《ひとあ》たりがよくてだれにでも優《やさ》しいから、けっこう人気者《にんきもの》でな。で、一部《いちぶ》のやつらが『朝《あさ》海《み》が倒《たお》れたのは遠野《とおの》のせい』ってウワサを流《なが》し始《はじ》めたんだ」

「朝海君《あさみくん》は否定《ひてい》したし、もちろん全員《ぜんいん》が信《しん》じたわけではない。が、遠野《とおの》さんはこのことについて何《なに》も言《い》わなかった。だからいまだにそうだったと決《き》めつけている生徒《せいと》もいるようだ。おれは直接《ちょくせつ》見《み》ていないんだが、女子《じょし》の集団《しゅうだん》に責《せ》められている遠野《とおの》さんを見《み》たという話《はなし》も聞《き》いた」

叶井先輩《かないせんぱい》の言葉《ことば》に、つきりと胸《むね》が痛《いた》んだ。

「そうだったんですか……。それは、知《し》りませんでした」

瀧島君《たきしまくん》が神妙《しんみょう》な面持《おもも》ちで言《い》う。

「たしかに、委員長《いいんちょう》——遠野先輩《とおのせんぱい》は、人《ひと》と関《かか》わるのを避《さ》けているように見《み》えます。僕自身《ぼくじしん》、委員《いいん》会《かい》の仕事《しごと》に関《かか》わること以外《いがい》、ほとんど会話《かいわ》をしたことがありません」

昨日《きのう》図書室《としょしつ》で見《み》た、遠野先輩《とおのせんぱい》の様子《ようす》を思《おも》い出《だ》す。あのときのけわしい表情《ひょうじょう》や態度《たいど》が、先輩《せんぱい》たちや瀧島君《たきしまくん》の言葉《ことば》と結《むす》びつき、さらに冷《つめ》たいものに感《かん》じられてくる。

「朝海《あさみ》に伝言《でんごん》させたのも、そのへんが理由《りゆう》なのかもな。だとしても、どうにもスッキリしねえ。明日《あした》にでも、遠野本人《とおのほんにん》と話《はな》してみる」

「話《はな》すって、出《だ》し物《もの》をさせてもらえるように説得《せっとく》するつもりか？」

「説得《せっとく》できそうならな。とにかく、一度本人《いちどほんにん》と話《はな》してえんだ。もしかしたら朝海《あさみ》が変《へん》な気《き》を回《まわ》してるだけかもしれねえし」

「そうですね。遠野先輩《とおのせんぱい》と直接話《ちょくせつはな》すのは賛成《さんせい》です」

瀧島君《たきしまくん》の言葉《ことば》に、夕実《ゆみ》ちゃんと私《わたし》もうなずく。

遠野先輩《とおのせんぱい》がどういう人《ひと》なのか、よくわからないけど。朝海先輩《あさみせんぱい》の伝言《でんごん》だけじゃ、すんなりあきらめきれないよ。

「じゃあとりあえず、装飾《そうしょく》のほうを進《すす》めるか！　出《だ》し物《もの》と違《ちが》って、こっちは確定《かくてい》なわけだしな」

「そうだな。今《いま》やるべきことをやっていこう」

先輩《せんぱい》たちの言葉《ことば》で、私《わたし》たちは入場《にゅうじょう》ゲートの制作《せいさく》に取《と》りかかった。

その間《あいだ》も、瀧島君《たきしまくん》とはほとんど言葉《ことば》をかわすことはなかった。

だけど、部活《ぶかつ》が終《お》わって、帰《かえ》ろうとしたとき。

「――如月《きさらぎ》さん」

瀧島君《たきしまくん》に、遠慮《えんりょ》がちに声《こえ》をかけられた。

先輩《せんぱい》たちは、もう美術室《びじゅつしつ》を後《あと》にしていた。私《わたし》のそばにいた夕実《ゆみ》ちゃんは、少《すこ》しあわてたように美術室《びじゅつしつ》を出《で》ていく。

緊張《きんちょう》して返事《へんじ》ができないでいると、瀧島君《たきしまくん》は続《つづ》けた。

「今日《きょう》、給食《きゅうしょく》の時間《じかん》に急《いそ》いでどこかに行《い》くのを見《み》かけたんだけど……何《なに》かあった？」

ドキッとして、思《おも》わず視線《しせん》をそらす。

「えっと……なんでもないよ」

べつに、隠《かく》す必要《ひつよう》なんてないはずだった。

でも、サキヨミを見《み》たらすぐに瀧島君《たきしまくん》に相談《そうだん》してきた今《いま》までのことを考《かんが》えると、なんだか彼《かれ》をうらぎっているようで、とたんに後《うし》ろめたくなってしまったんだ。

「……そうか」

少《すこ》ししずんだ声《こえ》に、胸《むね》がちくりと痛《いた》む。

「昨日《きのう》は、ごめん。先《さき》に、帰《かえ》ってしまって。沢辺《さわべ》さんと話《はな》していたし……避《さ》けられている気《き》がして、声《こえ》をかけられなかったんだ」

「避《さ》けてなんか、いないよ」

言《い》いながら、自分《じぶん》の声《こえ》がからっぽに感《かん》じられた。

昨日夕実《きのうゆみ》ちゃんといたときとは反対《はんたい》に、心《こころ》にフタがされているみたいだった。それを開《あ》けてしまったら、目《め》の前《まえ》の瀧島君《たきしまくん》に泣《な》いてすがりついてしまいそうで、怖《こわ》かった。

(やっぱり、ムリだ。瀧島君《たきしまくん》といたら、サキヨミのことも、不安《ふあん》な気持《きも》ちも、ぜんぶぶちまけてしまいそう……)

拳《こぶし》をぎゅっと握《にぎ》る。瀧島君《たきしまくん》のネクタイのあたりを見《み》ながら、私《わたし》は口《くち》を開《ひら》いた。

「瀧島君《たきしまくん》。今週《こんしゅう》……ううん、送《おく》る会《かい》が終《お》わるまで、**いっしょに帰《かえ》るのやめない？**」

え、と小《ちい》さな声《こえ》が彼《かれ》の口《くち》からこぼれた。

何《なに》か言《い》われる前《まえ》に言《い》ってしまわないと、と私《わたし》は急《いそ》いで言葉《ことば》を継《つ》ぐ。

「それまでに、自分《じぶん》の気持《きも》ちが決《き》まるかどうかわからない。でも、それくらいの時間《じかん》が必要《ひつよう》な気《き》がするの」

勝手《かって》なこと言《い》って、ごめん。

そう付《つ》け足《た》そうとしたけれど、ガタッという音《おと》におどろいたせいで、それはかなわなかった。

瀧島君《たきしまくん》が近《ちか》くの机《つくえ》に手《て》をついて出《で》た音《おと》だった。

「――わかった。如月《きさらぎ》さんがそう言《い》うなら、そうしよう」

そう言《い》うと、瀧島君《たきしまくん》は静《しず》かに美術室《びじゅつしつ》から出《で》ていった。

(これで、よかったんだよね)

そう、思《おも》ったのに。

心《こころ》はそれとはうらはらに、きゅうっと音《おと》を立《た》て、小《ちい》さく縮《ちぢ》んだような感《かん》じがした。

7 天秤《てんびん》

それから、一週間《しゅうかん》。

入場《にゅうじょう》ゲートの制作《せいさく》は、順調《じゅんちょう》に進《すす》んでいた。

ダンボールをつなげて、ピンク色《いろ》の画用紙《がようし》をグラデーションになるように貼《は》っていく。

そこに、これまたダンボールで作《つく》った立体的《りったいてき》なお花《はな》やリボン、クラッカーを飾《かざ》りつけるんだ。

お花《はな》もリボンも両手《りょうて》にあまるくらいの大《おお》きさで、すごく華《はな》やかだ。

「これなら、遠野《とおの》も満足《まんぞく》するだろ」

チバ先輩《せんぱい》が、自信《じしん》ありげに言《い》った。

この間《あいだ》の話《はな》し合《あ》いの後《あと》、チバ先輩《せんぱい》は遠野先輩《とおのせんぱい》に直接話《ちょくせつはな》しにいってくれたんだ。叶井先輩《かないせんぱい》もいっしょに、出《だ》し物《もの》ができない理由《りゆう》を改《あらた》めて聞《き》いたんだって。

そうしたら、やっぱり朝海先輩《あさみせんぱい》が言《い》っていたとおり、「時間《じかん》がないから」ということだった。

できたばかりの中央委員用《ちゅうおういいんよう》プログラムを見《み》せてもらったところ、送《おく》る会《かい》が行《おこな》われる五・六時間《じかん》目《め》いっぱいに、ぎちぎちに出《だ》し物《もの》がつまっていたそうだ。

「先着順《せんちゃくじゅん》という決《き》まりだから」と、遠野《とおの》先輩《せんぱい》は最後《さいご》まで無表情《むひょうじょう》をつらぬいていたらしい。

だけど、がっかりしているチバ先輩《せんぱい》に、「入場《にゅうじょう》ゲート、楽《たの》しみにしてる」って言《い》ったんだって。

その言葉《ことば》に応《こた》えられるよう、こうしてみんなでがんばってるんだ。

「しかし、残念《ざんねん》だな。思《おも》い出《で》の写真《しゃしん》クイズ、いいアイディアだと思《おも》ったんだが」

叶井《かない》先輩《せんぱい》の残念《ざんねん》そうな顔《かお》に、みんなでうなずく。

「悪《わる》い、出《で》だしがおそかった。考《かんが》えが甘《あま》かったオレのせいだ」

「チバ先輩《せんぱい》は悪《わる》くありませんよ。僕《ぼく》たちで出《だ》し物《もの》をする機会《きかい》は、まだあります。四月《がつ》の新入生歓《しんにゅうせいかん》迎会《げいかい》とか、文化祭《ぶんかさい》でステージを借《か》りてもいいですし」

「あっ、そっか！　私《わたし》たち、先輩《せんぱい》になるんだね」

瀧島君《たきしまくん》の言葉《ことば》に、夕実《ゆみ》ちゃんがうれしそうな笑顔《えがお》になる。

「だけど……やっぱり、レイラ先輩《せんぱい》や深谷《ふかや》先輩《せんぱい》といっしょに楽《たの》しみたかったなあ」

「うん。そうだね……」

しかたがないことだけど、本当《ほんとう》に残念《ざんねん》だな。

すると、チバ先輩《せんぱい》がニッと笑《わら》った。

「**そのかわり、装飾《そうしょく》にかけられる時間《じかん》が増《ふ》えたんだ。全力《ぜんりょく》でいいものに仕上《しあ》げようぜ**」

重《おも》たい空気《くうき》を切《き》るような明《あか》るい声《こえ》に、気持《きも》ちが切《き》りかわる。

「「「**はい！**」」」

「了解《りょうかい》だ」

ダンボールを切《き》って、お花《はな》やリボン、クラッカーなどの飾《かざ》りを作《つく》っていく。

机《つくえ》の上《うえ》のカッターを取《と》ろうとしたとき、瀧島《たきしま》君《くん》と手《て》がぶつかった。

「「**あ**」」

声《こえ》が重《かさ》なり、目《め》が合《あ》う。

「ごめん。僕《ぼく》は別《べつ》のを使《つか》うよ」

瀧島君《たきしまくん》はそう言《い》うと、すぐに私《わたし》から離《はな》れていく。

あれから瀧島君《たきしまくん》とはずっと、気《き》まずいままだ。

いっしょに帰《かえ》るのやめよう、なんて。そんなことをとつぜん言《い》われたら、いい気《き》はしないよね。

だけど、瀧島君《たきしまくん》といっしょにいたら、どうしてもサキヨミの力《ちから》のことを意識《いしき》してしまうんだ。

それで、サキヨミのことをたくさん話《はな》して、たくさん聞《き》きたくなってしまう。

この一週間《しゅうかん》で、私《わたし》は両手《りょうて》で数《かぞ》えられるくらいの回数《かいすう》のサキヨミを見《み》た。

そのどれもが、ごく小《ちい》さな内容《ないよう》だった。でも、夕実《ゆみ》ちゃんや服部《はっとり》さん、朝海先輩《あさみせんぱい》のときみたいに、注意《ちゅうい》したり、ひとりで考《かんが》えて動《うご》いたりして、ぜんぶの未来《みらい》を変《か》えることができたんだ。

そうして、ひとつ気《き》づいたことがある。

私《わたし》がサキヨミを見《み》て、行動《こうどう》して、未来《みらい》を変《か》える。

だれかにとっての悪《わる》い未来《みらい》が、なんでもない未来《みらい》に変《か》わる。

そうすることで、だれかが未来《みらい》で感《かん》じるはずだった「マイナスの感情《かんじょう》」が消《き》えるんだ。

そのかわり、私《わたし》はサキヨミを見《み》るために、「マイナスの感情《かんじょう》」を持《も》ち続《つづ》ける必要《ひつよう》がある。

一方《いっぽう》で、私《わたし》がマイナスの感情《かんじょう》を手放《てばな》せば、サキヨミは見《み》えなくなる。だれかのマイナスの感情《かんじょう》を消《け》すことは、できなくなるんだ。

サキヨミの力《ちから》にマイナスの感情《かんじょう》が関《かか》わってるっていう瀧島君《たきしまくん》の仮説《かせつ》は、やっぱり当《あ》たってるんじゃないかな。

どうしてサキヨミでは「悪《わる》い未来《みらい》」しか見《み》えないんだろうって、ずっと不思議《ふしぎ》だったけど。

サキヨミの力《ちから》がマイナスの感情《かんじょう》をエネルギーにしてるなら、同《おな》じマイナスの感情《かんじょう》を生《う》む「悪《わる》い未来《みらい》」しか見《み》えないっていうのも、納得《なっとく》できる気《き》がする。

（……まるで、天秤《てんびん》みたいだな）

私《わたし》か。それとも、周《まわ》りにいるだれかか。

「マイナスの感情《かんじょう》」というおもりを、どちらかのお皿《さら》に置《お》かなければならないんだ。

瀧島君《たきしまくん》は、このことにも気《き》づいているのかな。

力《ちから》を失《うしな》ったら、周《まわ》りの人《ひと》に起《お》きた不幸《ふこう》なできごとが、ぜんぶ自分《じぶん》のせいに思《おも》えてしまうかもしれない。力《ちから》があったら助《たす》けられたかもしれないのにって、後悔《こうかい》してしまうかもしれない。

その可能性《かのうせい》をふまえたうえで、自分《じぶん》のお皿《さら》からおもりを取《と》り去《さ》るっていう選択《せんたく》をしたのかな。

（うう……ダメだ。考《かんが》えれば考《かんが》えるほど、わからなくなっていくよ）

だれかに相談《そうだん》したいって思《おも》うけど。真《ま》っ先《さき》に頭《あたま》に思《おも》い浮《う》かぶのは、瀧島君《たきしまくん》の顔《かお》だ。

夕実《ゆみ》ちゃんに話《はな》してみようかとも思《おも》ったけど、力《ちから》を持《も》っていない夕実《ゆみ》ちゃんでは、想像《そうぞう》してくれたとしても、きっと限界《げんかい》がある。

それに、夕実《ゆみ》ちゃんは私《わたし》の考《かんが》えを大事《だいじ》にしてくれるだろうから、はっきりとしたことを言《い》うのは避《さ》けるんじゃないかな。

「そういえば、瀧島《たきしま》。今日《きょう》は、委員会《いいんかい》の仕事《しごと》でおくれるって言《い》ってなかったか？」

チバ先輩《せんぱい》の声《こえ》に、はっと顔《かお》を上《あ》げる。

少《すこ》し離《はな》れたところで作業《さぎょう》をしていた瀧島君《たきしまくん》は、気《き》まずそうな表情《ひょうじょう》になった。

「そうだったんですが……委員長《いいんちょう》に、来《こ》なくていいと言《い》われまして」

「遠野《とおの》さんに？」

叶井先輩《かないせんぱい》が眉《まゆ》をひそめる。

「ええ。本当《ほんとう》は台本《だいほん》の準備《じゅんび》を僕《ぼく》がやるはずだったんですが、いつの間《ま》にか遠野先輩《とおのせんぱい》がやることに変《か》わっていたんです」

「台本《だいほん》って、当日《とうじつ》の進行《しんこう》のか？」

「はい。そもそも台本作《だいほんづく》りは朝海先輩《あさみせんぱい》から頼《たの》まれたことだったんですが……遠野先輩《とおのせんぱい》はおそらく、僕《ぼく》では不安《ふあん》だったんでしょう」

「そんな！」

思《おも》わず声《こえ》が出《で》て、瀧島君《たきしまくん》が私《わたし》に目《め》を向《む》けた。

「たつ、瀧島君《たきしまくん》じゃ不安《ふあん》なんて、普段《ふだん》から瀧島君《たきしまくん》のこと見《み》てたら、そんなふうに思《おも》うはずない、と思《おも》うんだけど……」

私《わたし》の言葉《ことば》に、「そうだよなあ」とチバ先輩《せんぱい》がうなずいた。

「なんだか、変《へん》な話《はなし》だな。それじゃあ瀧島《たきしま》は、送《おく》る会《かい》での仕事《しごと》は何《なに》ももらってないのか？」

「いえ、台本《だいほん》の準備《じゅんび》のかわりに、当日《とうじつ》の進行《しんこう》をするように言《い》われました。台本《だいほん》どおりに進《すす》めればいいから、と」

「それじゃ、今《いま》は何《なに》もしなくていいんだ。もしかしたら、部活《ぶかつ》を優先《ゆうせん》しろってことなのかな？　いいものを作《つく》ってねっていう」

「そうかもしれないな、夕実《ゆみ》。だが吹奏楽部《すいそうがくぶ》の朝海君《あさみくん》も、定期演奏会前《ていきえんそうかいまえ》で練習《れんしゅう》が立《た》て込《こ》んでいる時期《じき》のはずだ。遠野《とおの》さんも同《おな》じく吹奏楽部員《すいそうがくぶいん》だから、猫《ねこ》の手《て》も借《か》りたい状況《じょうきょう》だと思《おも》うんだがな」

「あっ、土日《どにち》も朝《あさ》から練習《れんしゅう》してるもんね、吹奏楽部《すいそうがくぶ》！　なにげに体育会系《たいいくかいけい》？」

そう言《い》った夕実《ゆみ》ちゃんに、瀧島君《たきしまくん》がふっと笑《わら》った。思《おも》わず、視線《しせん》が引《ひ》き寄《よ》せられる。

（瀧島君《たきしまくん》の笑顔《えがお》、ひさしぶりに見《み》たかも……）

そう思《おも》ったのと、ほとんど同時《どうじ》だった。

ノイズの音《おと》に続《つづ》き、目《め》の前《まえ》が暗《くら》くなる。

最後《さいご》に見《み》えた瀧島君《たきしまくん》の笑顔《えがお》が、ノイズまじりの映像《えいぞう》の中《なか》、しずんだ顔《かお》へと変《か》わった。

――「せっかく練習《れんしゅう》がんばったのに。もう、台無《だいな》しだよ」

だれかの責《せ》める言葉《ことば》を受《う》けて、うなだれる瀧島君《たきしまくん》。その背後《はいご》に、クラッカーとリボンの装飾《そうしょく》が見《み》える。――

「――あいつら、走《はし》り込《こ》みとか腹筋《ふっきん》とかしてるもんな。体育会系以外《たいいくかいけいいがい》の何物《なにもの》でもないな」

チバ先輩《せんぱい》の声《こえ》に、笑《わら》い声《ごえ》が起《お》こる。

(どうしよう。今《いま》のサキヨミ、私《わたし》だけでなんとかできる……?)

瀧島君《たきしまくん》の未来《みらい》。短《みじか》いセリフだけで、情報《じょうほう》がほとんどない。唯一《ゆいいつ》わかるのは、クラッカーとリボンの装飾《そうしょく》が、まさに今私《いまわたし》が作《つく》ろうとしているものだったってことだけ。

あれは、三年生《ねんせい》を送《おく》る会《かい》の入場《にゅうじょう》ゲートだ。

「練習《れんしゅう》」って、送《おく》る会《かい》の出《だ》し物《もの》のこと? 台無《だいな》しってどういうこと?

もしかして、瀧島君《たきしまくん》が原因《げんいん》で、出《だ》し物《もの》がめちゃくちゃになった……とか?

「ですよねえ。うちのクラスの子《こ》、それ知《し》って入《はい》るのやめたって言《い》ってましたもん」

「その点《てん》、美術部《びじゅつぶ》は活動量《かつどうりょう》が適度《てきど》で参加《さんか》しやすい。もっと部員《ぶいん》が集《あつ》まってもよさそうなものなんだがな」

「新入生《しんにゅうせい》ウケのいい勧誘方法《かんゆうほうほう》を考《かんが》えねえとだな。頼《たの》むぞ、瀧島《たきしま》」

「わかりました。何《なに》か考《かんが》えてみます」

私《わたし》がサキヨミを見《み》たことは、さいわいみんなには気《き》づかれていないみたいだった。短《みじか》かったし、声《こえ》を上《あ》げたりもしなかったから当然《とうぜん》かもしれない。

会話《かいわ》が一区切《ひとくぎ》りつくと、みんなは制作《せいさく》に戻《もど》っていった。カッターでダンボールを切《き》る音《おと》、絵《え》の具《ぐ》を溶《と》く音《おと》が静《しず》かにひびく。

どうしよう。わからない。このままじゃ、三年生《ねんせい》を送《おく》る会《かい》が台無《だいな》しになって、何《なに》より瀧島君《たきしまくん》に悲《かな》しい思《おも》いをさせることになってしまう。

「**──あの！**」

意《い》を決《けっ》して、声《こえ》を出《だ》す。みんなの顔《かお》が、いっせいに私《わたし》に向《む》けられた。

「どうした、美羽《みう》？」

「美羽《みう》ちゃん？」

「……如月《きさらぎ》さん？」

瀧島君《たきしまくん》が私《わたし》を見《み》た。少《すこ》し、とまどったような声《こえ》。だけど、顔《かお》を見《み》ればわかる。

彼《かれ》はたぶん、気《き》づいている。私《わたし》がサキヨミを見《み》たってことに。

「……サキヨミ、か？」

叶井先輩《かないせんぱい》の声《こえ》に、私《わたし》は「はい」とうなずいた。

「**瀧島君《たきしまくん》のサキヨミを見《み》ました。力《ちから》を、貸《か》してもらえますか？**」

祈《いの》るような私《わたし》の言葉《ことば》に、みんなが顔《かお》を見合《みあ》わせた。そうしてまた、私《わたし》に目《め》を向《む》ける。

「もちろんだよ！　ねえ、ヒサシ君《くん》！」

「ああ！」

「教《おし》えてくれ、美羽《みう》。いったいどんな内容《ないよう》だったんだ？」

優《やさ》しい言葉《ことば》に、ほっと安心《あんしん》する。

けれど、興奮気味《こうふんぎみ》に言《い》う三人《にん》と違《ちが》い、瀧島君《たきしまくん》だけは何《なに》を言《い》おうか迷《まよ》っているみたいだった。

私《わたし》がサキヨミを見《み》たことに、おどろいているのかもしれない。

しかも、自分《じぶん》の未来《みらい》のことだ。「サキヨミの力《ちから》を失《うしな》ってほしい」って言《い》ったばかりなのに、ここでどんな未来《みらい》なのかを知《し》ってそれを回避《かいひ》するために動《うご》き始《はじ》めれば、それは「力《ちから》に頼《たよ》った」ってことになってしまう。

いつもは積極的《せっきょくてき》に話《はなし》を聞《き》こうとする瀧島君《たきしまくん》が無言《むごん》なことに、チバ先輩《せんぱい》が気《き》づいた。

「瀧島《たきしま》、どうした？　何《なに》かあるのか？」

「いえ……」

その先《さき》の言葉《ことば》が続《つづ》かない。

私《わたし》はカッターをにぎったままの瀧島君《たきしまくん》に近《ちか》づき、その目《め》を見《み》つめた。

「瀧島君《たきしまくん》、お願《ねが》い。私《わたし》、今見《いまみ》た未来《みらい》を変《か》えたいの」

彼《かれ》のとまどい気味《ぎみ》の目《め》が、私《わたし》をとらえて静《しず》かに見開《みひら》かれる。

「――お願《ねが》い」

もう一度《いちど》くりかえした。瀧島君《たきしまくん》は唇《くちびる》を引《ひ》き結《むす》び、少《すこ》しうつむいた。

そうして、ゆっくりと顔《かお》を上《あ》げる。

「わかった。教《おし》えてくれ。如月《きさらぎ》さんが見《み》た、僕《ぼく》の未来《みらい》を」

8 かげり

「……だから、見《み》えたのは体育館《たいいくかん》の入場《にゅうじょう》ゲートだと思《おも》うんです」

私《わたし》の話《はなし》を聞《き》き終《お》えると、「なるほど」と叶井先輩《かないせんぱい》がまず口《くち》を開《ひら》いた。

「送《おく》る会《かい》の装飾《そうしょく》は、前日《ぜんじつ》の放課後《ほうかご》に行《おこな》うことになっている。つまりその未来《みらい》は、前日《ぜんじつ》の装飾作業《そうしょくさぎょう》が終《お》わった後《あと》から、当日《とうじつ》の放課後《ほうかご》に片付《かたづ》けるまでの間《あいだ》に起《お》こったもの、ということになるな」

「『練習《れんしゅう》がんばったのに』ってことは、台無《だいな》しにされたのは本番《ほんばん》……って考《かんが》えるのが自然《しぜん》か」

チバ先輩《せんぱい》があごに手《て》を当《あ》てて言《い》う。

「美羽《みう》ちゃん。その、瀧島君《たきしまくん》を責《せ》めてる人《ひと》って、男子《だんし》？　女子《じょし》？」

「えっと……声《こえ》の感《かん》じから、たぶん女子《じょし》だったと思《おも》う。姿《すがた》はぜんぜん見《み》えなかったの」

「じゃあ、女子《じょし》が出《で》る出《だ》し物《もの》にしぼって考《かんが》えてみるか。なあ、瀧島《たきしま》。当日《とうじつ》のプログラム、持《も》ってるか？」

「あります」

瀧島君《たきしまくん》は、カバンの中《なか》から二つ折《お》りにされた紙《かみ》を取《と》り出《だ》した。

「生徒《せいと》に配《くば》られるものとは別《べつ》の、中央委員用《ちゅうおういいんよう》のものです。それぞれの出《だ》し物《もの》の開始時間《かいしじかん》や、当日《とうじつ》の段取《だんど》りなどが簡単《かんたん》に書《か》かれています」

開《ひら》いてくれたプログラムを、みんなでのぞきこむ。

13：30～　三年生入場《ねんせいにゅうじょう》（一年《ねん》：吹奏楽部《すいそうがくぶ》セッティング確認《かくにん》）
13：34ごろ　開会《かいかい》の言葉《ことば》（担当《たんとう》：遠野《とおの》）
13：35～13：50　吹奏楽部演奏《すいそうがくぶえんそう》（終了後《しゅうりょうご》、二年《ねん》：イスの片付《かたづ》け）……

野球部《やきゅうぶ》、ダンス部《ぶ》、演劇部《えんげきぶ》、写真部《しゃしんぶ》、と部活《ぶかつ》の出《だ》し物《もの》が続《つづ》く。

最後《さいご》に、三年生有志《ねんせいゆうし》による合唱《がっしょう》。

その後《ご》は全員《ぜんいん》での校歌斉唱《こうかせいしょう》に続《つづ》いて、閉会《へいかい》の言葉《ことば》でしめくくられるようだった。

枠外《わくがい》には、「司会進行《しかいしんこう》：瀧島《たきしま》」と書《か》かれている。

「これ、この間遠野《あいだとおの》に見《み》せてもらったプログラムと同《おな》じだな。ええと、『練習《れんしゅう》がんばった』ってことは、写真部《しゃしんぶ》の『思《おも》い出動画上映《でどうがじょうえい》』は除外《じょがい》していいか。写真《しゃしん》をスライドショーにしてるだけで、練習《れんしゅう》も何《なに》もない。そもそも、写真部《しゃしんぶ》には女子《じょし》もいないしな」

チバ先輩《せんぱい》が言《い》う。

「となると、残《のこ》りは吹奏楽部《すいそうがくぶ》、野球部《やきゅうぶ》、ダンス部《ぶ》、演劇部《えんげきぶ》、三年生有志《ねんせいゆうし》の合唱《がっしょう》か。野球部以外《やきゅうぶいがい》は、ぜんぶ女子《じょし》が出《で》る出《だ》し物《もの》だな」

そこで、「いや」と叶井先輩《かないせんぱい》が口《くち》をはさむ。

「野球部《やきゅうぶ》も女子《じょし》マネージャーがいるし、劇《げき》に出《で》るようなことを聞《き》いたぞ」

「ああ、そうか。それじゃ全部《ぜんぶ》だな。出《だ》し物《もの》からしぼれないとなると……瀧島《たきしま》の当日《とうじつ》の動《うご》きはどうなってるんだ？」

「ステージ下《した》、舞台袖入《ぶたいそでい》り口《ぐち》の近《ちか》くにマイクが置《お》かれるんです。そのそばのイスにずっと座《すわ》っている予定《よてい》です」

「誘導《ゆうどう》とか音響《おんきょう》の仕事《しごと》もないってことか」

「はい」

「これから、他《ほか》の仕事《しごと》を頼《たの》まれるってことはないの？」

私《わたし》がたずねると、瀧島君《たきしまくん》は静《しず》かに首《くび》をふった。

「来週《らいしゅう》、最後《さいご》の集《あつ》まりをして確認《かくにん》することになってるけど、そこで何《なに》か言《い》われるということはないと思《おも》う。台本《だいほん》も、今週中《こんしゅうちゅう》にもらえることになってるしね」

（そっか……）

一瞬《いっしゅん》、沈黙《ちんもく》があたりを支配《しはい》する。

すると、瀧島君《たきしまくん》がふうっと息《いき》をついた。

「……おそらく司会進行中《しかいしんこうちゅう》に、僕《ぼく》が何《なに》かミスをしてしまうんでしょうね」

「いや、でもなあ。司会《しかい》って、次《つぎ》の出《だ》し物《もの》について紹介《しょうかい》するくらいだろ？　それを間違《まちが》えたところで、『台無《だいな》し』とまで言《い》われるようなことになるか？」

チバ先輩《せんぱい》が腕《うで》を組《く》むと、叶井先輩《かないせんぱい》が口《くち》を開《ひら》いた。

「たとえば、タイミングを間違《まちが》えて、まだ終《お》わっていないのに次《つぎ》の出《だ》し物《もの》の紹介《しょうかい》をしてしまう、とかだろうか」

「そうですね……でも、瀧島君《たきしまくん》が、そんな間違《まちが》いをするでしょうか」

「だよねえ。私《わたし》もそう思《おも》うよ、美羽《みう》ちゃん」

すると、チバ先輩《せんぱい》が首《くび》をひねった。

「さっき、台本作《だいほんづく》りが瀧島《たきしま》から遠野《とおの》に代《か》わったって言《い》ってただろ。あれ、少《すこ》し気《き》になるな。うまくやれば、会《かい》を『台無《だいな》し』にするのは簡単《かんたん》だ」

「まさか。瀧島《たきしま》を困《こま》らせるために、遠野《とおの》さんが台本《だいほん》に何《なん》らかの細工《さいく》をする……ということか？」

叶井先輩《かないせんぱい》がぎょっとした顔《かお》で言《い》う。

（そんな……！　遠野先輩《とおのせんぱい》が、瀧島君《たきしまくん》をおとしいれようとしている、ってこと？）

胸《むね》がきゅっと締《し》めつけられる。と、チバ先輩《せんぱい》が首《くび》をふった。

「いや。自分《じぶん》で言《い》っておいてなんだけど、それはねえな。遠野《とおの》だって、送《おく》る会《かい》を成功《せいこう》させたいに決《き》まってる。だよな？」

そう言《い》って、瀧島君《たきしまくん》に目《め》を向《む》けた。

そのとき、彼《かれ》の表情《ひょうじょう》に影《かげ》が差《さ》したように見《み》えた。チバ先輩《せんぱい》の問《と》いかけにも、すぐに答《こた》えようとしない。

「瀧島君《たきしまくん》？」

私《わたし》の声《こえ》で、はっとわれに返《かえ》ったように目《め》を見開《みひら》く。

「ああ、いや……」

そう言《い》って視線《しせん》を泳《およ》がせた彼《かれ》に、一歩近《いっぽちか》づいた。

「何《なに》か、気《き》になってることがあるの？　その……遠野先輩《とおのせんぱい》のことで」

私《わたし》の頭《あたま》には、一度《いちど》だけ見《み》た遠野先輩《とおのせんぱい》の顔《かお》が浮《う》かんでいた。

瀧島君《たきしまくん》の挨拶《あいさつ》を無視《むし》したときの、あのけわしい表情《ひょうじょう》。

あれを見《み》たとき、なんだかすごくいやな感《かん》じがしたんだ。

先輩《せんぱい》は、声《こえ》をかけられる前《まえ》から瀧島君《たきしまくん》のことを見《み》ていた。それなのに、挨拶《あいさつ》をされて、だまって顔《かお》をそむけるなんて。

もしかしたら、瀧島君《たきしまくん》を傷《きず》つけるために、わざとやっているのかも……って。

私《わたし》の問《と》いかけに、瀧島君《たきしまくん》は少《すこ》し迷《まよ》うように目《め》を泳《およ》がせた。それから、静《しず》かに口《くち》を開《ひら》く。

「実《じつ》は、少《すこ》しなやんでたんだ。遠野先輩《とおのせんぱい》の僕《ぼく》への態度《たいど》が、少《すこ》し冷《つめ》たい気《き》がして」

「冷《つめ》たい？」

チバ先輩《せんぱい》が、叶井先輩《かないせんぱい》と意味《いみ》ありげな視線《しせん》をかわした。

「たとえば、どういうことだ？」

「送《おく》る会《かい》の台本《だいほん》のように、本来僕《ほんらいぼく》がやるはずだった仕事《しごと》を他《ほか》の委員《いいん》に割《わ》り振《ふ》るんです。最初《さいしょ》はあまり気《き》にしていなかったんですが、あまりにもそういうことが多《おお》くて……」

「それは、各委員《かくいいん》の負担《ふたん》を平等《びょうどう》にしようとしているのではないか？」

叶井先輩《かないせんぱい》がたずねる。

「最初《さいしょ》は僕《ぼく》もそう思《おも》っていました。けれど、だんだん遠野先輩《とおのせんぱい》の態度《たいど》が気《き》になっていったんです。たとえば委員会《いいんかい》で僕《ぼく》が意見《いけん》を言《い》うと、途中《とちゅう》でさえぎられてしまうことがほとんどです。他《ほか》にも、ふと気《き》づくとにらまれているように感《かん》じたり、他《ほか》の委員《いいん》と僕《ぼく》とで声《こえ》の感《かん》じや口調《くちょう》が違《ちが》ったり……まあこれは、僕《ぼく》が気《き》にしすぎているのかもしれませんが」

瀧島君《たきしまくん》の表情《ひょうじょう》と声《こえ》が、どんどん暗《くら》くなっていく。心配《しんぱい》そうな顔《かお》をした夕実《ゆみ》ちゃんと、思《おも》わず顔《かお》を見合《みあ》わせた。

「気《き》にしすぎじゃないよ。瀧島君《たきしまくん》がそう感《かん》じているなら、実際《じっさい》にそうなんだと思《おも》う」

そう言《い》って、私《わたし》は続《つづ》けた。

「この間《あいだ》、図書室《としょしつ》で遠野先輩《とおのせんぱい》と会《あ》ったとき、冷《つめ》たい感《かん》じの人《ひと》だなって思《おも》ったの。私《わたし》でもそう思《おも》ったんだから、瀧島君《たきしまくん》からしたら、そう感《かん》じて当然《とうぜん》だと思《おも》う」

「図書室《としょしつ》？　何《なに》かあったの？」

夕実《ゆみ》ちゃんに言《い》われて、言《い》っていいものかと一瞬《いっしゅん》迷《まよ》う。すると瀧島君《たきしまくん》が、

「声《こえ》をかけたけど、無視《むし》されちゃったんだよ」

と苦笑《にがわら》いをした。

「なるほど。たしかに遠野《とおの》さんは気《き》が強《つよ》くて、周囲《しゅうい》の人間《にんげん》に対《たい》するあたりも強《つよ》いが……瀧島《たきしま》に対《たい》しては、少《すこ》し度《ど》が過《す》ぎているように感《かん》じるな」

「朝海《あさみ》から聞《き》いたことがあるんだが、瀧島《たきしま》、二年《ねん》の委員《いいん》からも頼《たよ》られてるんだってな。前期《ぜんき》から続《つづ》けて中央委員《ちゅうおういいん》やってるってこともあるけど、瀧島自身《たきしまじしん》が優秀《ゆうしゅう》だからってのもあるんだろう。朝《あさ》海《み》、感心《かんしん》してたぞ。その気《き》になれば瀧島《たきしま》ひとりで委員全員《いいんぜんいん》ぶんの仕事《しごと》をこなせるんじゃないかってな」

チバ先輩《せんぱい》の言葉《ことば》に、瀧島君《たきしまくん》はあわてたように両手《りょうて》をふった。

「大《おお》げさですよ、それは」

「でも、瀧島君《たきしまくん》が優秀《ゆうしゅう》なのは事実《じじつ》だよ。ね、夕実《ゆみ》ちゃん」

「うん、もちろん！」

言《い》ってから、夕実《ゆみ》ちゃんはふと首《くび》をかしげた。

「ひょっとして……遠野先輩《とおのせんぱい》、瀧島君《たきしまくん》に嫉妬《しっと》してるのかな。委員長《いいんちょう》の自分《じぶん》よりも一年生《ねんせい》の瀧島君《たきしまくん》のほうが頼《たよ》られてたら、おもしろくないって思《おも》っちゃうかも」

「オレもそう思《おも》ったんだ。ほとんどすべての仕事《しごと》を瀧島《たきしま》がこなしてしまったら、委員長《いいんちょう》の自分《じぶん》の立場《たちば》がないからな」

チバ先輩《せんぱい》が言《い》うと、叶井先輩《かないせんぱい》はきらりと目《め》を光《ひか》らせた。

「もしかしたら、なんだが。『時間《じかん》がない』というのは実《じつ》はウソで、美術部《びじゅつぶ》の出《だ》し物《もの》を却下《きゃっか》したのは、本当《ほんとう》は瀧島《たきしま》に司会《しかい》をさせるためだった、って可能性《かのうせい》はないか？」

「えっ、まさか！」

夕実《ゆみ》ちゃんが、プログラムを指《ゆび》さす。

「出《だ》し物《もの》がぎっちりで時間《じかん》がないっていうのは、本当《ほんとう》だったわけでしょ？　ですよね、チバ先輩《せんぱい》」

たしかに。プログラムでは、六時間目《じかんめ》の終了時間《しゅうりょうじかん》ちょうどに会《かい》が終《お》わることになっている。

「ああ。だが、各団体《かくだんたい》の参加申込書《さんかもうしこみしょ》に書《か》かれた所要時間《しょようじかん》とこのプログラムの時間《じかん》が合《あ》っているのかどうかは、照《て》らし合《あ》わせてみないとわからねえ。瀧島《たきしま》、参加申込書《さんかもうしこみしょ》は見《み》たのか？」

「いえ、見《み》ていません。遠野先輩《とおのせんぱい》が持《も》っているので」

瀧島君《たきしまくん》が言《い》うと、叶井先輩《かないせんぱい》が「やはり」とメガネを押《お》し上《あ》げた。

「瀧島《たきしま》の信用《しんよう》や人気《にんき》を落《お》とすために、司会《しかい》という目立《めだ》つポジションを割《わ》り当《あ》てて台本《だいほん》を細工《さいく》し、送《おく》る会《かい》を台無《だいな》しにさせるという作戦《さくせん》なのかもしれない。このプログラムだって、あやしいものだ。正《ただ》しいものとは別《べつ》に、あらかじめ内容《ないよう》をいじった瀧島用《たきしまよう》のものを用意《ようい》していた可能性《かのうせい》もある」

「そんな……！」

ショックで、思《おも》わず首《くび》をふる。そんないじめみたいなこと、する……⁉

「いつもなら叶井《かない》の言《い》うことなんか『考《かんが》えすぎだ』って相手《あいて》にしねえんだがな。今回《こんかい》はちょっと、オレもそうは言《い》いきれねえ」

チバ先輩《せんぱい》が苦《にが》い顔《かお》で言《い》った。重《おも》たい沈黙《ちんもく》が、場《ば》を支配《しはい》する。

「でも……まだ、そうと決《き》まったわけじゃないと思《おも》います」

口火《くちび》を切《き》った私《わたし》に、みんなの目《め》が集《あつ》まった。

「今《いま》の話《はなし》、ぜんぶ想像《そうぞう》ですよね。遠野先輩《とおのせんぱい》が何《なに》を考《かんが》えているかなんて、ここでいくら話《はな》してもわからないんじゃないでしょうか」

「僕《ぼく》も、そう思《おも》います」

瀧島君《たきしまくん》が、静《しず》かに言《い》った。その顔《かお》のかげりに、胸《むね》がつんと痛《いた》くなる。

「それに、いくら遠野先輩《とおのせんぱい》が僕《ぼく》のことを嫌《きら》っていたとしても、他《ほか》の生徒《せいと》を巻《ま》き込《こ》むようなことはしないはずです」

「そんな。嫌《きら》いって、まだ決《き》まったわけじゃ……」

「いいんだよ、如月《きさらぎ》さん。少《すく》なくとも、よく思《おも》われていないことはたしかだからね」

そう言《い》うと、瀧島君《たきしまくん》は先輩《せんぱい》たちのほうに向《む》き直《なお》った。

「これは、僕《ぼく》の問題《もんだい》です。**僕《ぼく》が自分《じぶん》でなんとかしてみます**」

（……えっ⁉）

「なんとかって、どうするつもりだ？」

チバ先輩《せんぱい》が目《め》を丸《まる》くする。

「遠野先輩《とおのせんぱい》と話《はなし》をしてみます。台本《だいほん》やプログラムのことも、他《ほか》の委員《いいん》のものを見《み》せてもらって、確認《かくにん》します。それで問題《もんだい》がなかったら、当日僕《とうじつぼく》が気《き》をつけるだけです。それだけで、じゅうぶん防《ふせ》げる未来《みらい》です」

「だが、瀧島《たきしま》――」

「ことを大《おお》きくしたくないんです」

叶井先輩《かないせんぱい》の声《こえ》をさえぎり、瀧島君《たきしまくん》が続《つづ》ける。

「サキヨミのことを話《はな》せない以上《いじょう》、先輩《せんぱい》がたが動《うご》くと不要《ふよう》なトラブルにつながる可能性《かのうせい》がありま す。今《いま》の中央委員《ちゅうおういいん》メンバーで仕事《しごと》できるのも、あと少《すこ》しです。最後《さいご》に、わだかまりを残《のこ》したくないんです」

強《つよ》い意志《いし》の感《かん》じられる声《こえ》だった。叶井先輩《かないせんぱい》とチバ先輩《せんぱい》は、困《こま》ったような顔《かお》でたがいを見合《みあ》った。

「まあ、瀧島《たきしま》がそう言《い》うなら、おれは何《なに》も……」

「ほんとに、大丈夫《だいじょうぶ》なんだな。まかせていいんだな？」

「はい」

そう言《い》うと、瀧島君《たきしまくん》は私《わたし》に顔《かお》を向《む》けた。

「如月《きさらぎ》さん、ありがとう。送《おく》る会《かい》は、絶対《ぜったい》に成功《せいこう》させてみせるよ」

「あ、うん……！」

視界《しかい》の端《はし》に、不安《ふあん》そうな夕実《ゆみ》ちゃんの顔《かお》が見《み》えた。

（瀧島君《たきしまくん》なら、きっとひとりでも大丈夫《だいじょうぶ》だろう、けど……）

彼《かれ》の表情《ひょうじょう》は、眉《まゆ》のあたりがかげったままで。

私《わたし》の胸《むね》には、ひとかたまりの不安《ふあん》が残《のこ》ったままだった。

9 気持《きも》ちの裏側《うらがわ》

レイラ先輩《せんぱい》が教室《きょうしつ》にやってきたのは、送《おく》る会前日《かいぜんじつ》の昼休《ひるやす》みのことだった。

「あっ、レイラ先輩《せんぱい》！」

夕実《ゆみ》ちゃんの視線《しせん》の先《さき》を追《お》うと、教室《きょうしつ》の入《い》り口《ぐち》に顔《かお》をのぞかせているレイラ先輩《せんぱい》の姿《すがた》があった。

いつもよりちょっとひかえめな笑顔《えがお》に、ドキッとする。

だって、今日《きょう》は……レイラ先輩《せんぱい》が受《う》けた高校《こうこう》の、合格発表《ごうかくはっぴょう》の日《ひ》なんだ。

メッセージで連絡《れんらく》が来《く》るんじゃないかって思《おも》ってずっと待《ま》っていたけど、結局今《けっきょくいま》まで、何《なに》もなかったの。

（大丈夫《だいじょうぶ》。きっと、大丈夫《だいじょうぶ》だよね……）

心《こころ》の中《なか》でそんなふうに唱《とな》えながら、夕実《ゆみ》ちゃんといっしょにレイラ先輩《せんぱい》のもとへ向《む》かう。

「ふふっ。ミウミウもユミりんも、すっごい緊張《きんちょう》した顔《かお》してるよ」

「**え!?**」

言《い》われて、思《おも》わず夕実《ゆみ》ちゃんと顔《かお》を見合《みあ》わせる。

「ごめんね。心配《しんぱい》してくれてたかな？　メッセージ送《おく》ろうと思《おも》ったんだけど、直接《ちょくせつ》言《い》いたくって」

そう言《い》うと、レイラ先輩《せんぱい》は目《め》を伏《ふ》せた。あまり見《み》たことのない気《き》まずそうな表情《ひょうじょう》に、胸《むね》が一瞬《いっしゅん》冷《つめ》たくなる。

そのままなかなか口《くち》を開《ひら》こうとしないレイラ先輩《せんぱい》に、再《ふたた》び夕実《ゆみ》ちゃんと視線《しせん》をかわし合《あ》う。

するとレイラ先輩《せんぱい》は、花《はな》がほころぶようにほほえんだ。

「**受《う》かったよ、天寺高校《あまてらこうこう》**」

その言葉《ことば》を聞《き》いた瞬間《しゅんかん》、目《め》の前《まえ》がぱあっと明《あか》るくなった。

「**おめでとうございます、レイラ先輩《せんぱい》！**」

「**よかった！　よかったですううう!!**」

二人《ふたり》でそれぞれレイラ先輩《せんぱい》の手《て》を取《と》り合《あ》って、ぴょこぴょこと飛《と》びはねる。

レイラ先輩《せんぱい》も「あはは、ありがとう！」と言《い》っていっしょにジャンプしてくれた。

「応援《おうえん》してくれたみんなのおかげだよ。ほんと、ありがとね」

「深谷先輩《ふかやせんぱい》にも伝《つた》えましたか？」

私《わたし》が聞《き》くと、レイラ先輩《せんぱい》は「もちろん」とうなずいた。

「一番《いちばん》に伝《つた》えたよ。びっくりしたんだけど、ふかやん泣《な》いちゃってさ。あたしも、もらい泣《な》きしちゃったよ」

そう言《い》うと、照《て》れくさそうにほっぺをかいた。

「やっぱり、ミウミウの言《い》ったとおりになったね。あたし、何度《なんど》も自信《じしん》なくしていっぱい落《お》ちこんだんだけど、あの言葉《ことば》にすっごく勇気《ゆうき》づけられたんだよ。だって」

レイラ先輩《せんぱい》が、私《わたし》の耳元《みみもと》に口《くち》を寄《よ》せる。

「ミミふわの占《うらな》いは、絶対《ぜったい》に当《あ》たるもんね」

くすぐったさとうれしさで、ひとりでに笑《え》みがこぼれた。聞《き》こえたらしい夕実《ゆみ》ちゃんも、うんうんとうなずいている。

「というわけで、受験生《じゅけんせい》はもうおしまい！　これからは、いっぱい遊《あそ》べるよ！　いろいろ考《かんが》えてるから、覚悟《かくご》してててね！　……あ、そうだ！」

レイラ先輩《せんぱい》が、思《おも》い出《だ》したようにぽんと手《て》をたたく。

「明日《あした》の送《おく》る会《かい》、実《じつ》はあたしもステージに上《あ》がる予定《よてい》なんだ」

「えっ、えええっ⁉」

「レイラ先輩《せんぱい》が⁉」

夕実《ゆみ》ちゃんと私《わたし》のおどろきようを見《み》て、レイラ先輩《せんぱい》はおかしそうに笑《わら》った。

「そうなの！　ふかやんもいっしょにね。ほら、三年生有志《ねんせいゆうし》の合唱《がっしょう》があるでしょ？　あれに出《で》ることになったの。一週間《しゅうかん》くらい前《まえ》から練習始《れんしゅうはじ》めてね、いい感《かん》じになってきてるんだよ！　今日《きょう》の放課後《ほうかご》も、最後《さいご》の練習《れんしゅう》することになってるんだ」

「そうだったんですね……！」

レイラ先輩《せんぱい》と深谷先輩《ふかやせんぱい》が、ステージに立《た》つんだ。すごい。

(あっ、だけど……)

この間見《あいだみ》た、「台無《だいな》し」って言《い》われるサキヨミ。それを思《おも》い出《だ》して、心《こころ》がとたんに重《おも》くなった。

まさか、だけど。台無《だいな》しにしちゃうかもしれないのって、レイラ先輩《せんぱい》たちの合唱《がっしょう》のステージ……ってことはないよね。

不安《ふあん》とともに、私《わたし》はたずねた。

「あの……瀧島君《たきしまくん》も、知《し》ってるんですか？　明日《あした》レイラ先輩《せんぱい》たちが、合唱《がっしょう》で参加《さんか》するってこと」

「タッキー？　んー、どうだろ？　中央委員《ちゅうおういいん》だから、知《し》ってるんじゃないかな。でも一応《いちおう》、この後伝《あとつた》えるつもりだよ。合格《ごうかく》のニュースといっしょに」

夕実《ゆみ》ちゃんが、はっと何《なに》かに気《き》づいたような顔《かお》になった。

「じゃあ、もう行《い》くね！　明日《あした》の合唱《がっしょう》、楽《たの》しみにしててね！」

そう言《い》うと、レイラ先輩《せんぱい》は手《て》をふって去《さ》っていった。

「……美羽《みう》ちゃん、瀧島君《たきしまくん》なら、きっと大丈夫《だいじょうぶ》だよ」

夕実《ゆみ》ちゃんが、優《やさ》しい表情《ひょうじょう》で言《い》う。

「だって、瀧島君《たきしまくん》がわざとステージを台無《だいな》しにするわけないもん。何《なに》かの事故《じこ》だったとしてもさ、それが瀧島君《たきしまくん》のせいとは限《かぎ》らないっていうか……サキヨミで責《せ》められてたのは、何《なに》かのカン違《ちが》いかもしれないいじゃない？」

それに、と夕実《ゆみ》ちゃんは続《つづ》ける。

「チバ先輩《せんぱい》、教《おし》えてくれたでしょ？　プログラムも台本《だいほん》も、おかしなところはなかったって」

実《じつ》は、そうなんだ。

先週《せんしゅう》、瀧島君《たきしまくん》が「自分《じぶん》でなんとかする」って言《い》った後《あと》。

チバ先輩《せんぱい》は、ひそかに朝海先輩《あさみせんぱい》や他《ほか》の中央委員《ちゅうおういいん》に接触《せっしょく》して、さりげなく委員用《いいんよう》のプログラムを見《み》せてもらうことに成功《せいこう》したんだって。

さらに、美術部長《びじゅつぶちょう》としてではなく生徒会長《せいとかいちょう》として瀧島君《たきしまくん》に声《こえ》をかけて、完成《かんせい》した台本《だいほん》を確認《かくにん》させてもらったらしい。

その内容《ないよう》を記憶《きおく》して、他《ほか》の委員《いいん》が持《も》っているプログラムと照《て》らし合《あ》わせた結果《けっか》、おかしなところは何《なに》もなかったんだって。

チバ先輩《せんぱい》は、瀧島君《たきしまくん》に渡《わた》された台本《だいほん》やプログラムだけ、出《だ》し物《もの》の内容《ないよう》が違《ちが》ったり、順番《じゅんばん》が前後《ぜんご》していたり、時間《じかん》が違《ちが》ったりしているんじゃないかって推測《すいそく》してたらしい。

でも、どうやら違《ちが》ったみたい。

チバ先輩《せんぱい》は、瀧島君《たきしまくん》以外《いがい》の美術部《びじゅつぶ》メンバーに、個別《こべつ》チャットでこのことを教《おし》えてくれたんだ。

それを見《み》て、ほっとした。

やっぱり遠野先輩《とおのせんぱい》だって、送《おく》る会《かい》を台無《だいな》しにすることなんて望《のぞ》んでないんだ、細工《さいく》なんかしてないんだって、一筋《ひとすじ》の希望《きぼう》の光《ひかり》が見《み》えたみたいに感《かん》じたんだ。

でも、心配《しんぱい》な気持《きも》ちは、完全《かんぜん》にはなくならないままだった。

レイラ先輩《せんぱい》からのうれしいお知《し》らせで明《あか》るくなった心《こころ》が、だんだんとまたかげっていくのを感《かん》じる。

すると、夕実《ゆみ》ちゃんがずいっと顔《かお》を近《ちか》づけてきた。

「大丈夫《だいじょうぶ》だよ。美羽《みう》ちゃんがサキヨミを見《み》て、瀧島君《たきしまくん》がそれを知《し》ったことで、きっともう未来《みらい》は変《か》わってるんじゃないかな。だから、あんまり心配《しんぱい》しすぎないほうがいいよ」

「うん……そうだよね。きっと、大丈夫《だいじょうぶ》だよね」

夕実《ゆみ》ちゃんは、ほっとしたようにほほえんだ。

「あっ、でも！　何《なに》か助《たす》けが必要《ひつよう》だったら、なんでも言《い》ってよね。明日《あした》の送《おく》る会《かい》は背《せ》の順《じゅん》でならぶことになるから、美羽《みう》ちゃんとはちょっと離《はな》れちゃうけど。私《わたし》、いつでも動《うご》けるように心《こころ》の準《じゅん》備《び》しとくから！」

そう言《い》って、夕実《ゆみ》ちゃんはぐっと拳《こぶし》をにぎった。

「ありがとう夕実《ゆみ》ちゃん。すごく心強《こころづよ》いよ」

夕実《ゆみ》ちゃんの拳《こぶし》に手《て》をそえる。夕実《ゆみ》ちゃんは、えへへ、とうれしそうに笑《わら》った。

その日《ひ》の放課後《ほうかご》。

私《わたし》たち美術部《びじゅつぶ》は、出来上《できあ》がった入場《にゅうじょう》ゲートを体育館《たいいくかん》に運《はこ》んで組《く》み立《た》てた。

ピンクをベースに、お花《はな》やリボンなどの飾《かざ》りが華《はな》やかさをそえている。

「ダンボールとは思《おも》えん見事《みごと》さだな」

満足《まんぞく》げに言《い》う叶井先輩《かないせんぱい》に、チバ先輩《せんぱい》もうなずいた。

「だな、よくできてる。それじゃあ次《つぎ》は、中《なか》の装飾《そうしょく》だ。上《うえ》に上《あ》がるぞ」

その言葉《ことば》で、私《わたし》たちは入《い》り口横《ぐちよこ》にある階段《かいだん》を上《のぼ》った。

この先《さき》は、体育館《たいいくかん》の二階《かい》の通路《つうろ》につながっている。ステージを正面《しょうめん》にして左右《さゆう》の壁《かべ》ぎわにある、細《ほそ》い通路《つうろ》だ。

「これを飾《かざ》れば、さらにお祝《いわ》いムードが高《たか》まるだろうな」

叶井先輩《かないせんぱい》が、運《はこ》んできた箱《はこ》を開《あ》けた。中《なか》に入《はい》っているのは、色《いろ》とりどりの三角形《さんかくけい》の旗《はた》がついたひも状《じょう》の飾《かざ》り——ガーランドだ。

美術準備室《びじゅつじゅんびしつ》の隅《すみ》にあるのを夕実《ゆみ》ちゃんが見《み》つけて、せっかくだからって使《つか》わせてもらうことになったんだ。

二階《かい》の通路《つうろ》の端《はし》から垂《た》らせば、きっとすごく明《あか》るい雰囲気《ふんいき》になる。

階段《かいだん》を上《あ》がって右側《みぎがわ》の通路《つうろ》に入《はい》ると、窓《まど》から校庭《こうてい》がよく見《み》えた。通路《つうろ》より下側《したがわ》の壁《かべ》に窓《まど》はないから、こうやって外《そと》を見《み》るのはなんだか新鮮《しんせん》だ。

「このカーテン、明日《あした》は閉《し》められちゃうんですよね。真《ま》っ暗《くら》な中《なか》で、この飾《かざ》り見《み》えますかね？」

窓《まど》の左右《さゆう》にある黒《くろ》いカーテンを見《み》て、夕実《ゆみ》ちゃんが言《い》った。

「たしかに暗幕《あんまく》カーテンはぜんぶ閉《し》められるけど、三年生《ねんせい》が入場《にゅうじょう》するときは照明《しょうめい》がついているから大丈夫《だいじょうぶ》だよ」

瀧島君《たきしまくん》が答《こた》え、夕実《ゆみ》ちゃんが安心《あんしん》したようにほほえんだ。

いつもとは違《ちが》う体育館《たいいくかん》を見《み》たら、レイラ先輩《せんぱい》たち、きっと気分《きぶん》が上《あ》がるよね。

通路《つうろ》の一番奥《いちばんおく》、ステージ側《がわ》の壁《かべ》に束《たば》ねられている防球《ぼうきゅう》ネットをよけて、ガーランドの端《はし》をテープでしっかりと留《と》める。ひもをたわませて一定《いってい》の間隔《かんかく》で留《と》めていくと、きれいな半円《はんえん》がならんで、叶井先輩《かないせんぱい》の言《い》ったように「お祝《いわ》い」っぽい雰囲気《ふんいき》になった。

左右両側《さゆうりょうがわ》の通路《つうろ》に飾《かざ》り終《お》え、階段《かいだん》を下《お》りる。

「**できたぁ……！**」

夕実《ゆみ》ちゃんが、通路《つうろ》を見上《みあ》げて目《め》をキラキラさせた。その横《よこ》で、叶井先輩《かないせんぱい》も満足《まんぞく》げにうなずく。

「うむ、これは壮観《そうかん》だな」

「どうだ、瀧島《たきしま》。遠野《とおの》に気《き》に入《い》ってもらえそうか？」

チバ先輩《せんぱい》が言《い》う。瀧島君《たきしまくん》は、薄《うす》い笑《え》みを浮《う》かべてから答《こた》えた。

「ええ。きっと、喜《よろこ》んでくださると思《おも》いますよ」

おだやかな口調《くちょう》だった。でも、私《わたし》の胸《むね》は苦《くる》しくなる。

気《き》づいてしまったんだ。遠野先輩《とおのせんぱい》の名前《なまえ》が出《で》たとき、瀧島君《たきしまくん》の表情《ひょうじょう》が一瞬《いっしゅん》かげったことに……。

そのあと、私《わたし》たちは美術室《びじゅつしつ》に戻《もど》った。片付《かたづ》けをすませたところで、部活《ぶかつ》が終《お》わる。

カバンを持《も》ち上《あ》げた瀧島君《たきしまくん》に、私《わたし》はおそるおそる声《こえ》をかけた。

「瀧島君《たきしまくん》。今日《きょう》は……委員会《いいんかい》の仕事《しごと》、ないの？」

「うん。僕《ぼく》の仕事《しごと》はもう、当日《とうじつ》——明日《あした》だけだから」

「そっか……」

先輩《せんぱい》たちも夕実《ゆみ》ちゃんも、もう美術室《びじゅつしつ》を出《で》ていってしまった。しばらくの間《あいだ》、沈黙《ちんもく》が私《わたし》たち二人《ふたり》を包《つつ》む。

「如月《きさらぎ》さん。明日《あした》、ムリはしないでほしい」

「え？」

「心配《しんぱい》してくれてるのは、顔《かお》を見《み》ればわかるよ。でも、大丈夫《だいじょうぶ》だから。それとも、僕《ぼく》のこと、信《しん》じられないかな」

「そんな！　信《しん》じてるよ。すごく。心《こころ》の底《そこ》から」

思《おも》わず出《で》た言葉《ことば》に、瀧島君《たきしまくん》はふっとほほえんだ。

「ありがとう。それじゃあ……帰《かえ》ろうかな」

（あっ……）

いっしょに帰《かえ》ろう、という言葉《ことば》が、のど元《もと》まで出《で》かかって止《と》まる。

私《わたし》から「いっしょに帰《かえ》るのやめよう」って言《い》っておいて、今《いま》さらそんなこと、言《い》えない。

「……うん。また、明日《あした》ね」

「また明日《あした》」

そう言《い》うと、瀧島君《たきしまくん》は静《しず》かに美術室《びじゅつしつ》を出《で》ていった。

（瀧島君《たきしまくん》……）

胸《むね》に手《て》を当《あ》て、首《くび》からさげた指輪《ゆびわ》ケースをブラウスごしに握《にぎ》る。

遠野先輩《とおのせんぱい》の名前《なまえ》を聞《き》いたときの、瀧島君《たきしまくん》のかげった表情《ひょうじょう》。それを思《おも》い出《だ》して、たまらなくなる。

未来《みらい》が変《か》わって、明日《あした》の送《おく》る会《かい》が無事《ぶじ》に成功《せいこう》したとしても。

遠野先輩《とおのせんぱい》の瀧島君《たきしまくん》への態度《たいど》が、それで変《か》わるわけじゃないんだよね。

ふう、とため息《いき》をついて、重《おも》い足取《あしど》りで美術室《びじゅつしつ》を出《で》る。

(やっぱり、いっしょに帰《かえ》ろうって言《い》えばよかったな……)

そう思《おも》ってから、それはやっぱりだめだと首《くび》をふる。

今《いま》の私《わたし》は、サキヨミのことについてまだ迷《まよ》ったままだ。こんな中途半端《ちゅうとはんぱ》な状態《じょうたい》じゃ、きっと瀧《たき》島君《しまくん》の力《ちから》にはなれない。逆《ぎゃく》に、瀧島君《たきしまくん》に気《き》をつかわせてしまうかもしれない。

それでもいっしょにいたいって思《おも》ってしまうのは、私《わたし》のわがままだよね。

ああ。気持《きも》ちどおりの行動《こうどう》ができないのって、すごく苦《くる》しいな……。

人《ひと》って、複雑《ふくざつ》な生《い》き物《もの》だな。気持《きも》ちと行動《こうどう》がいつもぴったり合《あ》わさるとは、かぎらないんだ。

(そういえば……あのときの深谷先輩《ふかやせんぱい》も、そうだったっけ)

テスト前《まえ》に、深谷先輩《ふかやせんぱい》から美術部《びじゅつぶ》の活動停止《かつどうていし》を言《い》い渡《わた》されたときのことだ。

瀧島君《たきしまくん》はそれを、深谷先輩《ふかやせんぱい》のレイラ先輩《せんぱい》への好意《こうい》が理由《りゆう》だって考《かんが》えたんだよね。二人《ふたり》きりで勉《べん》強《きょう》したかったからなんじゃないかって。

あのときは、いまいち理解《りかい》しきれなかったけど。

好《す》きなのに、その気持《きも》ちの反対《はんたい》に見《み》えるような行動《こうどう》を取《と》っちゃうのって、意外《いがい》とよくあること
なのかもしれない。

(……あれ?)

階段《かいだん》を下《お》りる足《あし》が、ぴたりと止《と》まった。

それ……遠野先輩《とおのせんぱい》も、同《おな》じなのかも。

もしかしたら、遠野先輩《とおのせんぱい》は…………瀧島君《たきしまくん》のことが、好《す》き……なのかな。

いや、でも、待《ま》って。それ、変《へん》だよね。

だって、好《す》きなのに冷《つめ》たい態度《たいど》なんか取《と》ったら、絶対《ぜったい》に逆効果《ぎゃくこうか》だ。

それとも……そういう作戦《さくせん》、なの?

あえて意地悪《いじわる》することで、自分《じぶん》のことを意識《いしき》してもらいたかった、とか。

実際《じっさい》、最近《さいきん》の瀧島君《たきしまくん》は、遠野先輩《とおのせんぱい》のことでずっとなやんでた。言《い》いかえれば、遠野先輩《とおのせんぱい》のことばっかり考《かんが》えていた。

たとえば、普通《ふつう》に接《せっ》していても、なかなか距離《きょり》が縮《ちぢ》まなかったら。

なんとか自分《じぶん》をアピールしたくて、きっと作戦《さくせん》を考《かんが》える。あのときの、深谷先輩《ふかやせんぱい》みたいに。

(ううん、でもやっぱり……いや、そうなのかも)

瀧島君《たきしまくん》みたいな魅力的《みりょくてき》な人《ひと》がそばにいたら、好《す》きになっちゃうのは当然《とうぜん》のことだ。ううん、好《す》きにならないほうがおかしい。

そうだ。きっと、そう。
遠野《とおの》先輩《せんぱい》は、瀧島君《たきしまくん》のことが好《す》きなんだ…………

10 迷《まよ》いと決意《けつい》

「あっ、小夜《さよ》ちゃーん！」

とつぜん耳《みみ》に飛《と》びこんできた声《こえ》に、びくっと体《からだ》が震《ふる》えた。

（小夜《さよ》って、遠野先輩《とおのせんぱい》？　それに今《いま》の声《こえ》って……）

どこかで聞《き》いたことのある声《こえ》だった。階段《かいだん》を下《お》り、声《こえ》が聞《き》こえた二階《かい》の廊下《ろうか》をそっと見《み》やる。

すると、朝海先輩《あさみせんぱい》が遠野先輩《とおのせんぱい》に駆《か》けよっていくのが見《み》えた。そっか、朝海先輩《あさみせんぱい》の声《こえ》だったんだ。

こちらをふりかえる遠野先輩《とおのせんぱい》に、あわてて体《からだ》をひっこめる。

彼女《かのじょ》の顔《かお》を見《み》たとたん、胸《むね》が締《し》めつけられるように息苦《いきぐる》しくなった。

「どうしたの。何《なに》か、めんどうごと？」

それは、初《はじ》めて聞《き》いた遠野先輩《とおのせんぱい》の声《こえ》だった。冷《つめ》たい印象《いんしょう》とはうらはらな、かわいらしい声《こえ》。

「もうすぐ完全下校時間《かんぜんげこうじかん》だから、朝海《あさみ》にかまってる暇《ひま》はないんだけど」

「ひどいなあ。ちょっと、最終確認《さいしゅうかくにん》したかったんだよ。明日《あした》の、あれのこと」

「さっき、チャットで送《おく》ったでしょう。見《み》てないの？」

「あれ、ほんと？　見《み》てなかったよ」

「しっかりしてよね」

遠野先輩《とおのせんぱい》の声《こえ》を聞《き》くたびに、ずきずきと胸《むね》がうずく。

「ていうか小夜《さよ》ちゃん、ちょっと疲《つか》れてるんじゃない？　なんか顔色悪《かおいろわる》いけど」

その言葉《ことば》に、顔《かお》を上《あ》げて遠野先輩《とおのせんぱい》を見《み》る。たしかにちょっと、唇《くちびる》の色《いろ》が薄《うす》いように感《かん》じる。

「べつに、平気《へいき》。それより明日《あした》に備《そな》えて、ちゃんと段取《だんど》りを確認《かくにん》しておいて」

「はいはい、オッケーだよ」

（……もう、行《い》こう）

そう思《おも》って、背《せ》を向《む》けようとしたとき。

——じじじ……。

はっと、足《あし》を止《と》める。

（まさか、遠野先輩《とおのせんぱい》のサキヨミ……!?）

おどろきととまどいの中《なか》、視界《しかい》が変化《へんか》した。

そのサキヨミは、映像《えいぞう》というよりまるで写真《しゃしん》だった。

――ベッドで寝《ね》ている、制服姿《せいふくすがた》の遠野先輩《とおのせんぱい》。後《うし》ろには白《しろ》いカーテンが引《ひ》かれていて、身長計《しんちょうけい》が置《お》かれているのが見《み》える。――


まばたきをすると、目《め》の前《まえ》が元《もと》の風景《ふうけい》に戻《もど》った。

あれは、学校《がっこう》の保健室《ほけんしつ》だ。

一瞬《いっしゅん》だったけど、制服《せいふく》は冬服《ふゆふく》だったし、髪《かみ》の長《なが》さやスタイルも今《いま》の遠野先輩《とおのせんぱい》とほとんど変《か》わっていないように見《み》えた。ということは、近《ちか》い未来《みらい》のことなのかもしれない。

(でも……)

正直《しょうじき》、そこまで危険度《きけんど》が大《おお》きいサキヨミじゃない……よね。

大怪我《おおけが》をしているようには見《み》えなかったし、保健室《ほけんしつ》にいるってことは、近《ちか》くに保健《ほけん》の先生《せんせい》もいるはずだし。

そのとき、朝海先輩《あさみせんぱい》の声《こえ》が耳《みみ》に届《とど》いた。

「もう仕事終《しごとお》わりなんでしょ?　ひさびさにいろいろ話《はな》したいし、いっしょに帰《かえ》らない?」

「……べつに、いいけど」

「おっ、やったあ！」

カバンを持《も》った二人《ふたり》がこちらに向《む》かってくるのが見《み》えて、私《わたし》はあわてて階段《かいだん》を下《お》りた。

昇降口《しょうこうぐち》で急《いそ》いで靴《くつ》にはきかえて、なんとなくポーチの柱《はしら》の陰《かげ》に身《み》を隠《かく》す。

「明日楽《あしたたの》しみだねえ、小夜《さよ》ちゃん。部活《ぶかつ》の演奏《えんそう》に参加《さんか》できないのは残念《ざんねん》だけどさ」

「まだ、定期演奏会《ていきえんそうかい》があるでしょ」

ならんで歩《ある》いていく二人《ふたり》を見《み》て、私《わたし》は静《しず》かに息《いき》をついた。

（今《いま》から帰《かえ》るってことは、あのサキヨミは今日《きょう》のことじゃないのかな）

もしそうだとしても、朝海先輩《あさみせんぱい》がいっしょだから、大丈夫《だいじょうぶ》だよね。

私《わたし》はひとり、校門《こうもん》に向《む》かって歩《ある》き出《だ》した。空《そら》には、どんよりとした厚《あつ》い雲《くも》が広《ひろ》がっている。

ふと、サキヨミで見《み》た光景《こうけい》が頭《あたま》に浮《う》かんだ。あの保健室《ほけんしつ》は、白《しろ》がまぶしいほどに明《あか》るかった。

もっと天気《てんき》のいい日《ひ》の、早《はや》い時間帯《じかんたい》のことなのかもしれない。

（そういえば、今朝見《けさみ》た天気予報《てんきよほう》、「明日《あした》は晴《は》れ」って言《い》ってたっけ）

はっとして、足《あし》が止《と》まる。

さっきのサキヨミが、もし、明日起《あしたお》こることだったとしたら？

明日《あした》は、三年生《ねんせい》を送《おく》る会《かい》の当日《とうじつ》。

遠野《とおの》先輩《せんぱい》が保健室《ほけんしつ》で寝《ね》ていたことは、瀧島君《たきしまくん》が責《せ》められている未来《みらい》と何《なに》か関係《かんけい》があるのかもしれない。

もしかして、遠野先輩《とおのせんぱい》……送《おく》る会《かい》の途中《とちゅう》で、倒《たお》れちゃう？

それが原因《げんいん》で現場《げんば》が混乱《こんらん》して、瀧島君《たきしまくん》がミスをしてしまう、とか？

とたんに、背筋《せすじ》がぞっとした。

正直《しょうじき》、さっきまでは、べつに積極的《せっきょくてき》に動《うご》かなくてもいいんじゃないかって思《おも》ってしまってた。

このまま、現実《げんじつ》になっちゃってもいいんじゃないかって。

だけど、だめだ。それじゃあ、サキヨミを見《み》ても怖《こわ》がって何《なに》もしなかった、以前《いぜん》の私《わたし》――瀧島《たきしま》君《くん》と会《あ》う前《まえ》の私《わたし》と、同《おな》じになってしまう。

私《わたし》は、サキヨミを見《み》たら、相手《あいて》がどんな人《ひと》でも助《たす》けるって決《き》めたんだ。

それが瀧島君《たきしまくん》のことを好《す》きな人《ひと》でも、それが原因《げんいん》で瀧島君《たきしまくん》に意地悪《いじわる》をしているかもしれない人《ひと》でも、関係《かんけい》ない。

いくら危険度《きけんど》が小《ちい》さくったって、サキヨミで見《み》えたってことには、絶対《ぜったい》に何《なに》か意味《いみ》があるんだ。

何《なに》もしないで何《なに》か起《お》きてしまったら、たとえそこに瀧島君《たきしまくん》が関係《かんけい》してなくても、絶対《ぜったい》に後悔《こうかい》する。

そうだ。動《うご》かなきゃ。何《なに》か、しなくちゃ。

（といっても、どうしよう……）

「倒《たお》れないように栄養《えいよう》をつけてたっぷり休《やす》んでください」なんて直接《ちょくせつ》言《い》ったところで、あやしまれるだけだよね。

瀧島君《たきしまくん》の顔《かお》がうかんで、あわてて首《くび》をふる。

しばらくの間《あいだ》、サキヨミのことはひとりでやるって決《き》めたじゃない。

それに何《なに》より、これ以上遠野先輩《いじょうとおのせんぱい》のことで頭《あたま》をなやませてほしくない。

（そうなると……「あれ」しかない、のかな）

急《いそ》いで家《いえ》に帰《かえ》り、クローゼットを開《あ》ける。紙袋《かみぶくろ》に入《はい》ったミミふわの衣装《いしょう》を取《と》り出《だ》し、スマホのチャットアプリを開《ひら》く。

瀧島君《たきしまくん》が送《おく》ってくれた、雪《ゆき》うさチャンネルのＩＤとパスワード。

それを使《つか》って、動画《どうが》サイトのアカウントにログインする。「マイチャンネル」の欄《らん》に、二週間《しゅうかん》ほど更新《こうしん》が止《と》まったままの**「雪《ゆき》うさの未来《みらい》チャンネル」**が表示《ひょうじ》されていた。

必要《ひつよう》なものは、ぜんぶそろってる。

（まずは、着《き》がえて……あれ、動画《どうが》って、どうやって撮《と》るんだっけ？）

今《いま》は家《いえ》に私《わたし》ひとりだけど、早《はや》くしないとシュウやお母《かあ》さんが帰《かえ》ってきてしまう。

とにかく、考《かんが》えるのは後《あと》！
まずはミミふわに変身《へんしん》して、遠野先輩《とおのせんぱい》への「占《うらな》い」動画《どうが》を撮《と》るんだ！

11 初《はじ》めてのひとり占《うらな》い

「今日《きょう》も未来《みらい》へひとっとび！　雪《ゆき》うさの妹分《いもうとぶん》、ミミふわです！　ふわぽよ〜！」

ミミふわの衣装《いしょう》を着《き》た私《わたし》は、ベッドに座《すわ》ってポーズを取《と》った。

（大丈夫《だいじょうぶ》。生配信《なまはいしん》じゃないんだから、落《お》ち着《つ》いて！）

ドキドキと、胸《むね》が激《はげ》しく鼓動《こどう》を打《う》つ。

瀧島君《たきしまくん》がそばにいないこと、瀧島君《たきしまくん》が何《なに》も知《し》らないこと。ひとりで占《うらな》い動画《どうが》を撮《と》って、雪《ゆき》うさチャンネルに投稿《とうこう》しようとしていること。

ぜんぶ初《はじ》めてのことだし、自分《じぶん》でもすごくとんでもない考《かんが》えだって思《おも》う。

「今日《きょう》はお休《やす》みしている師匠《ししょう》にかわって、私《わたし》・ミミふわが『明日《あした》の占《うらな》い』をしようと思《おも》います！　どうしても伝《つた》えたいことだから、最後《さいご》まで見《み》てくれるとうれしいです！」

ちゃんとできるかわからなくて不安《ふあん》だし、そもそも遠野先輩《とおのせんぱい》に届《とど》くかどうかもわからない。

でも。わからないからって何《なに》もしないのは、いやなんだ。私《わたし》はもう、下《した》を向《む》いて、みんなの未《み》来《らい》から顔《かお》をそむけている、あの頃《ころ》の私《わたし》じゃない。

未来《みらい》に立《た》ち向《む》かっていくって、決《き》めたんだ。

たとえ、となりに瀧島君《たきしまくん》がいなくても。

「最近《さいきん》、仕事《しごと》が大変《たいへん》で疲《つか》れているあなた！」

スマホに向《む》かって、びしっと指《ゆび》をつきつける。

「責任《せきにん》のある立場《たちば》だからって、ちょっとがんばりすぎていませんか？　がんばるのは、とってもすてきなことです。でも、ムリをするのは禁《きん》物《もつ》です！」

声《こえ》に力《ちから》をこめ、思《おも》いをこめる。

サキヨミがまだ、見《み》えているうちは。この力《ちから》が、少《すこ》しでも残《のこ》っているうちは。

私《わたし》にできることを、ぜんぶやりきりたいんだ。

「栄養《えいよう》のあるものを食《た》べて、ゆっくりお風呂《ふろ》につかって、ぐっすり眠《ねむ》ってください。そして、

明日《あした》の朝《あさ》ごはんは絶対《ぜったい》に食《た》べていってくださいね！　朝《あさ》ごはんは、とっても大事《だいじ》です！」

仮面《かめん》の下《した》で、とびっきりの笑顔《えがお》になる。

（よし。言《い》えた……！）

あとは、最後《さいご》の挨拶《あいさつ》をして終《お》わり——と思《おも》ったとき。

私《わたし》の中《なか》に、とつぜん言葉《ことば》が生《う》まれた。

まるで、どこかから降《ふ》ってきたみたいに。

迷《まよ》う間《ま》もなく、それは声《こえ》になって口《くち》から飛《と》び出《で》ていく。

「それから、大事《だいじ》な人《ひと》がいるそこのあなた！」

不思議《ふしぎ》だった。自分《じぶん》でもよくわからないままに、スマホのむこうのだれかに向《む》かって指《ゆび》をさす。

「その人《ひと》と過《す》ごせる日々《ひび》を、一日一日《いちにちいちにち》、大事《だいじ》にしてください。今日《きょう》という日《ひ》が二度《にど》と来《こ》ないように、『今《いま》』という時間《じかん》も取《と》り戻《もど》せません。どうか、後悔《こうかい》しないようにしてくださいね！」

おどろきのせいか、一瞬《いっしゅん》動《うご》きが止《と》まる。けれどもすぐにはっとして、

「それでは、またいつか！　ふわぽよ〜！」

最後《さいご》の挨拶《あいさつ》をして、もう一度《いちど》決《き》めポーズをした。

撮影《さつえい》を止《と》め、ふーっと長《なが》い息《いき》をつく。

（……何《なん》だったんだろう、さっきの……）

大事《だいじ》な人《ひと》がいるあなたへ、なんて。そんな占《うらな》い、予定《よてい》になかったのに。

自分《じぶん》の口《くち》がひとりでに動《うご》いているみたいな、不思議《ふしぎ》な感覚《かんかく》だった。

まるで、私《わたし》の中《なか》にいる「ミミふわ」が、勝手《かって》にしゃべっているみたいだった。

スマホを手《て》に取《と》り、撮《と》れた動画《どうが》を確認《かくにん》する。

『――大事《だいじ》な人《ひと》がいるそこのあなた！』

画面《がめん》の中《なか》のミミふわが、私《わたし》を指《ゆび》さした。

『その人《ひと》と過《す》ごせる日々《ひび》を大事《だいじ》に』『後悔《こうかい》しないように』という言葉《ことば》が、おどろくほどスムーズに心《こころ》の中《なか》に入《はい》ってくる。

（……そっか。これ、私《わたし》が心《こころ》のどこかで、思《おも》ってたことなんだ）

瀧島君《たきしまくん》に「マイナスの感情《かんじょう》」の話《はなし》をされたあの日《ひ》から、私《わたし》の頭《あたま》は混乱《こんらん》していた。

だけど、心《こころ》はしっかり、感《かん》じていたんだ。

「瀧島君《たきしまくん》といっしょにいられなくて、さびしい」って。

私《わたし》はずっと、この気持《きも》ちをわがままだと思《おも》って、ムリやり押《お》しこめてた。

でも、違《ちが》うんだ。この気持《きも》ちこそ、今《いま》の私《わたし》が見《み》つめなければいけない、大事《だいじ》なものなんだ。

この不思議《ふしぎ》な言葉《ことば》は、私《わたし》から私《わたし》への「占《うらな》い」――メッセージだったんだ。

最初《さいしょ》と最後《さいご》のいらないところをカットして、動画《どうが》を切《き》り出《だ》す。

雪《ゆき》うさの動画《どうが》みたいにテロップや音楽《おんがく》は入《い》れられないけれど、これでじゅうぶんだ。

（お願《ねが》い。どうか遠野先輩《とおのせんぱい》に、届《とど》きますように……！）

祈《いの》りをこめて、動画《どうが》をアップロードする。


（できた……！）

投稿《とうこう》された動画《どうが》をクリックして、確認《かくにん》する。部屋《へや》の壁《かべ》を背景《はいけい》に、ミミふわが元気《げんき》に「ふわぽよ～！」と挨拶《あいさつ》をしている。

今頃《いまごろ》、夕実《ゆみ》ちゃんたちチャンネル登録者《とうろくしゃ》に、新着動画《しんちゃくどうが》の通知《つうち》がいっているはずだ。

瀧島君《たきしまくん》は、どうなんだろう。管理者《かんりしゃ》だから、すぐにわかるのかな。

私《わたし》がひとりでミミふわをやったこと、どう思《おも》うだろう。

部屋着《へやぎ》に着《き》がえたところで、シュウとお母《かあ》さんが同時《どうじ》に帰《かえ》ってくる。

間《ま》に合《あ》った……とほっとしていると、チャットにメッセージが届《とど》いた。

『沢辺夕実《さわべゆみ》：あのミミふわ、美羽《みう》ちゃんだよね!?　何《なに》かあったの？』

『瀬戸《せと》レイラ：ミウミウ、どうしたの？　すっごい最高《さいこう》だったんだけど！』

美術部《びじゅつぶ》のグループチャットではなく、それぞれ個人《こじん》チャットのほうに送《おく》られてきた。

（遠野先輩《とおのせんぱい》のサキヨミのことは……言《い》わないほうがいいよね）

特《とく》にレイラ先輩《せんぱい》には、何《なん》の心配《しんぱい》もせずに送《おく》る会《かい》を楽《たの》しんでもらいたかった。

だから、「思《おも》い立《た》ってやってみました。楽《たの》しんでいただけましたか？」とだけ送《おく》る。

夕実《ゆみ》ちゃんには、少《すこ》し迷《まよ》ってから「ちょっとサキヨミを見《み》たからやってみたよ。大丈夫《だいじょうぶ》だから、何《なに》も心配《しんぱい》しないで！」とだけ伝《つた》えた。

二人《ふたり》ともそれ以上《いじょう》は聞《き》いてこなかったし、美術部《びじゅつぶ》のグループチャットのほうにも、叶井先輩《かないせんぱい》やチバ先輩《せんぱい》からのメッセージは来《こ》なかった。

グループチャットにはレイラ先輩《せんぱい》もいるし、何《なに》より私《わたし》が投稿《とうこう》したのは「明日《あした》の占《うらな》い」だ。

明日《あした》、つまり三年生《ねんせい》を送《おく》る会《かい》に関係《かんけい》していることなのかもと考《かんが》えて、レイラ先輩《せんぱい》が見《み》ることのできる場《ば》では、あえて何《なに》も聞《き》かずにいてくれるのかもしれない。

その後《ご》、寝《ね》るまで待《ま》ってみたけれど、瀧島君《たきしまくん》からメッセージが送《おく》られてくることはなかった。

スマホを机《つくえ》に置《お》き、ベッドに入《はい》る。静《しず》かに目《め》を閉《と》じて、ふうっと細《ほそ》く息《いき》をついた。

（送《おく》る会《かい》が終《お》わったら、すぐに瀧島君《たきしまくん》に会《あ》おう。それで……今《いま》の気持《きも》ちを、ちゃんと伝《つた》えよう）

まだサキヨミの力《ちから》のことは、決断《けつだん》できていない。

でも、瀧島君《たきしまくん》と話《はな》したい。私《わたし》がひとりで未来《みらい》を変《か》えていたことも、このミミふわの動画《どうが》を撮《と》るのにたくさん苦労《くろう》したことも。

私《わたし》の中《なか》のミミふわが、瀧島君《たきしまくん》がいなくてさびしいっていう気持《きも》ちを教《おし》えてくれたことも。

「好《す》き」という言葉《ことば》はつかわずに、ぜんぶ、ちゃんと伝《つた》えるんだ。

瀧島君《たきしまくん》への気持《きも》ちを伝《つた》えるには、「好《す》き」の二文字《ふたもじ》だけじゃ、ぜんぜん足《た》りないから。

今《いま》、私《わたし》の中《なか》にある「本当《ほんとう》の気持《きも》ち」を、言葉《ことば》をつくして伝《つた》えるんだ。

12 送《おく》る会《かい》、開《かい》幕《まく》

翌日《よくじつ》。昼休《ひるやす》みが終《お》わり、私《わたし》は夕実《ゆみ》ちゃんといっしょに体育館《たいいくかん》へと移動《いどう》した。

「美羽《みう》ちゃん、見《み》て！　ゲート、いい感《かん》じだねえ！」

体育館《たいいくかん》の入《い》り口前《ぐちまえ》に設置《せっち》された入場《にゅうじょう》ゲート。わいわいと楽《たの》しげにそこをくぐる生徒《せいと》たちを見《み》ると、昨日準備《きのうじゅんび》していたときよりも、さらに明《あか》るく華《はな》やかに見《み》える。

「……送《おく》る会《かい》、きっとうまくいくよね」

夕実《ゆみ》ちゃんの言葉《ことば》に、「うん」とうなずく。

「大丈夫《だいじょうぶ》。できることは、ぜんぶしたから」

そう言《い》うと、夕実《ゆみ》ちゃんは安心《あんしん》したようにほほえんでくれた。

そう、できることはぜんぶやった。あとは、見守《みまも》るだけだ。

何《なに》かありそうだったら、また動《うご》けばいい。

とはいえ……心《こころ》の中《なか》は、不安《ふあん》でいっぱいだった。

今日《きょう》の夕実《ゆみ》ちゃんは、「瀧島君《たきしまくん》」っていう名前《なまえ》を私《わたし》の前《まえ》で一度《いちど》も出《だ》していない。たぶん、気《き》をつかってくれてるんだろう。

私《わたし》は朝《あさ》から、たくさんの人《ひと》の顔《かお》を見《み》るようにした。瀧島君《たきしまくん》や遠野先輩《とおのせんぱい》の未来《みらい》を、もっと詳《くわ》しく知《し》りたい。何《なに》かヒントがほしい。

そう思《おも》ったのに、ノイズの音《おと》が聞《き》こえてくることはとうとうなかった。

昨日《きのう》まで毎日《まいにち》見《み》ていたサキヨミが、ぴたりと見《み》えなくなってしまったんだ。

(まだ、力《ちから》を失《うしな》ってはいない……と思《おも》うんだけど……)

体育館《たいいくかん》に入《はい》って、改《あらた》めて周《まわ》りを見回《みまわ》す。色《いろ》とりどりのガーランドに一瞬《いっしゅん》気持《きも》ちがはずんだけれど、すぐに緊張《きんちょう》がおそってくる。

ここにいるのは、一・二年生《ねんせい》と先生《せんせい》たちだ。ひとりひとりの顔《かお》をなるべくゆっくりとながめながら、ノイズの音《おと》を待《ま》つ。

けど、やっぱり同《おな》じだった。聞《き》こえてくるのはざわざわとした話《はな》し声《ごえ》だけで、じじじという音《おと》はいっこうに聞《き》こえてこない。

(あっ。瀧島君《たきしまくん》だ……!)

ステージの下《した》、右側《みぎがわ》。スタンドマイクのそばで、台本《だいほん》を持《も》った瀧島君《たきしまくん》が朝海先輩《あさみせんぱい》と話《はな》しているのが見《み》えた。

遠野先輩《とおのせんぱい》や、他《ほか》の中央委員《ちゅうおういいん》の姿《すがた》は見《み》えない。別《べっ》の場所《ばしょ》で仕事《しごと》をしているのかな。

ステージの幕《まく》は開《あ》いていて、たくさんのイスがならべられているのが見《み》える。横《よこ》の時計《とけい》を見上《みあ》げると、針《はり》はちょうど五時間目《じかんめ》が始《はじ》まる時間《じかん》を指《さ》していた。

チャイムの音《おと》はしなかった。送《おく》る会《かい》の間《あいだ》だけ、鳴《な》らないようにしているみたいだ。

そろそろ、会《かい》が始《はじ》まる。マイクの横《よこ》に置《お》かれているホワイトボードには、大《おお》きな文字《もじ》で簡単《かんたん》なプログラムが書《か》かれていた。

一．三年生入場《ねんせいにゅうじょう》
二．開会《かいかい》の言葉《ことば》
三．各団体《かくだんたい》による出《だ》し物《もの》
四．校歌斉唱《こうかせいしょう》
五．閉会《へいかい》の言葉《ことば》

（えっと、出《だ》し物《もの》の順番《じゅんばん》は……最初《さいしょ》が吹奏楽部《すいそうがくぶ》で、次《つぎ》が野球部《やきゅうぶ》だったよね）

私《わたし》は、チバ先輩《せんぱい》に書《か》いてもらったプログラムを必死《ひっし》に思《おも》い出《だ》していた。

昨日《きのう》のうちに個人《こじん》チャットで連絡《れんらく》を取《と》って、中央委員用《ちゅうおういいんよう》のプログラムの内容《ないよう》を覚《おぼ》えているかぎり書《か》き起《お》こしてもらうよう、頼《たの》んでいたんだ。

チバ先輩《せんぱい》はさすがだった。出《だ》し物《もの》の順番《じゅんばん》から時間《じかん》、委員《いいん》の動《うご》きまで、ほとんど完璧《かんぺき》に記憶《きおく》していたんだ。

「出《だ》し物《もの》の時間《じかん》、ぜんぶ十五分《ふん》ずつだったんだ。だから覚《おぼ》えられた」

そんなふうに言《い》っていたけど、謙遜《けんそん》だよね。

台本《だいほん》の内容《ないよう》についても聞《き》いてみたんだけど、そっちは瀧島君《たきしまくん》のセリフしか書《か》かれていなかったんだって。

だから、遠野先輩《とおのせんぱい》の動《うご》きについては、このプログラムに書《か》かれている情報《じょうほう》がすべてってことになる。

だけど……あんまり、いい情報《じょうほう》は得《え》られなかったんだ。

遠野先輩《とおのせんぱい》の当日《とうじつ》の仕事《しごと》は、まずは開会《かいかい》の言葉《ことば》。その後《あと》は、吹奏楽部《すいそうがくぶ》の演奏後《えんそうご》にイスの片付《かたづ》け。

その他《ほか》の時間《じかん》は、「タイムキーパー」としか書《か》かれていなかった。

タイムキーパーっていうのは、時間《じかん》の管理《かんり》をする役目《やくめ》らしい。詳《くわ》しいことはチバ先輩《せんぱい》でもわからないみたいだったけど、「おそらく舞台袖《ぶたいそで》にひかえていて、時間《じかん》どおりに出《だ》し物《もの》をしてもらえるよう指示《しじ》する役目《やくめ》じゃないか」ってことだった。

時間《じかん》に厳《きび》しいらしい遠野先輩《とおのせんぱい》には、ぴったりの仕事《しごと》だ。

つまり、開会《かいかい》の言葉《ことば》の後《あと》は、遠野先輩《とおのせんぱい》の姿《すがた》は見《み》えなくなってしまう。

その間《あいだ》に倒《たお》れてしまわないように、祈《いの》ることしかできない。

(どうか、昨日《きのう》の占《うらな》いが届《とど》いていますように……!)

そう思《おも》ったとき、「キーン」というハウリング音《おん》が体育館《たいいくかん》にひびいた。

「――これより、『三年生《ねんせい》を送《おく》る会《かい》』を始《はじ》めます」

瀧島君《たきしまくん》の声《こえ》だった。マイクの前《まえ》に立《た》ち、落《お》ち着《つ》いた表情《ひょうじょう》で口《くち》を動《うご》かしている。

まるで自分《じぶん》が司会《しかい》をしているかのように、ドキドキと緊張《きんちょう》してくる。

(がんばれ、瀧島君《たきしまくん》……!)

そんな私《わたし》とはうらはらに、瀧島君《たきしまくん》の声《こえ》は冷静《れいせい》なままだった。

「三年生《ねんせい》が入場《にゅうじょう》します。拍手《はくしゅ》でお迎《むか》えください」

会場《かいじょう》の全員《ぜんいん》の目《め》が、後《うし》ろにある体育館《たいいくかん》の扉《とびら》に向《む》けられた。スピーカーから軽快《けいかい》な音楽《おんがく》が流《なが》れ、赤《あか》いネクタイとリボンの三年生《ねんせい》たちが列《れつ》になって入《はい》ってくる。

（あっ、レイラ先輩《せんぱい》……！）
大《おお》きく手《て》をふって、にこにこしながら歩《ある》いてくる。となりには、深谷先輩《ふかやせんぱい》の姿《すがた》があった。
三年生《ねんせい》が全員入場《ぜんいんにゅうじょう》してステージの前《まえ》に座《すわ》り終《お》わると、体育館《たいいくかん》の照明《しょうめい》が落《お》とされた。二階《かい》の暗幕《あんまく》カーテンも閉《し》められているから、かなりの暗《くら》さになる。
ステージの上《うえ》から、たくさんの足音《あしおと》が聞《き》こえてきた。目《め》をこらすと、楽器《がっき》を手《て》にした吹奏楽部《すいそうがくぶ》員《いん》が、次々《つぎつぎ》にイスに座《すわ》っていくのがうっすらと見《み》える。

すると、台本《だいほん》を手《て》にした瀧島君《たきしまくん》が再《ふたた》びマイクに向《む》かった。暗《くら》いけれど、瀧島君《たきしまくん》のシルエットはよくわかる。

「開会《かいかい》の言葉《ことば》です。遠野中央委員長《とおのちゅうおういいんちょう》、お願《ねが》いします」

「はい」

ステージの端《はし》に、スポットライトが当《あ》たった。マイクを手《て》にした遠野先輩《とおのせんぱい》が、舞台袖《ぶたいそで》から光《ひかり》の中《なか》に進《すす》み出《で》る。

「三年生《ねんせい》のみなさん、ご卒業《そつぎょう》おめでとうございます。こうして一年生《ねんせい》から三年生《ねんせい》まで全員《ぜんいん》が集《あつ》まる行事《ぎょうじ》は、卒業式《そつぎょうしき》を残《のこ》してこの『送《おく》る会《かい》』が最後《さいご》となってしまいました」

聞《き》きながら、私《わたし》の胸《むね》は鼓動《こどう》を増《ま》していた。照明《しょうめい》に照《て》らされた遠野先輩《とおのせんぱい》の顔《かお》は、唇《くちびる》まで白《しろ》っぽく見《み》える。

「……今《いま》までお世話《せわ》になったみなさんへの感謝《かんしゃ》をこめて、さまざまな出《だ》し物《もの》を用意《ようい》しました。今日《きょう》は、ぞんぶんに楽《たの》しんでください」

遠野先輩《とおのせんぱい》が礼《れい》をして、拍手《はくしゅ》が起《お》こる。照明《しょうめい》が消《き》え、彼女《かのじょ》の姿《すがた》は暗《くら》がりに溶《と》けこんでしまった。

（どうしよう。昨日《きのう》のミミふわの動画《どうが》、やっぱり見《み》てもらえてないのかな……）

先輩《せんぱい》の顔色《かおいろ》は、昨日《きのう》と変《か》わらず、よくないままだった。

でも、足取《あしど》りはしっかりしていたように見《み》えたし、大丈夫《だいじょうぶ》……かな。

イスの片付《かたづ》けはともかく、タイムキーパーならそこまで体力《たいりょく》を必要《ひつよう》としないはず。

「次《つぎ》は、吹奏楽部《すいそうがくぶ》による演奏《えんそう》です」

瀧島君《たきしまくん》の言葉《ことば》で、ステージの照明《しょうめい》がついた。ずらりとならんだ吹奏楽部員《すいそうがくぶいん》たちが、あかあかと照《て》らし出《だ》される。

拍手《はくしゅ》の音《おと》とともに、瀧島君《たきしまくん》はマイクの後《うし》ろにあるイスに腰《こし》かけた。その顔《かお》は暗闇《くらやみ》の中《なか》だったけど、静《しず》かにステージのほうを見上《みあ》げているのがわかった。

吹奏楽部《すいそうがくぶ》の演奏《えんそう》が始《はじ》まった。クラリネットが、優《やさ》しく切《せつ》ないメロディを奏《かな》でだす。

その後《ご》も瀧島君《たきしまくん》はイスに座《すわ》ったままだった。遠野先輩《とおのせんぱい》は、おそらく舞台袖《ぶたいそで》だろう。

舞台袖《ぶたいそで》の入《い》り口《ぐち》は、左右《さゆう》に二か所《しょ》ある。その両方《りょうほう》と瀧島君《たきしまくん》の動《うご》きを気《き》にしながら、ひとまずは「送《おく》る会《かい》」を見守《みまも》ることにした。

「吹奏楽部《すいそうがくぶ》のみなさん、ありがとうございました。次《つぎ》は、野球部《やきゅうぶ》によるコントです」

瀧島君《たきしまくん》の司会《しかい》はそつがなく、見《み》ていて頼《たの》もしいと感《かん》じるほどだった。

きっと事前《じぜん》に何度《なんど》も台本《だいほん》を見《み》て、確認《かくにん》したんだろう。

私《わたし》のサキヨミのことを頭《あたま》に置《お》いて、気《き》をつけてくれているのかもしれない。そう思《おも》うと、うれしくなった。

野球部《やきゅうぶ》は、一・二年生《ねんせい》がそれぞれ三年生《ねんせい》の先輩役《せんぱいやく》になって、思《おも》い出《で》の場面《ばめん》をコント仕立《じた》ての劇《げき》にしていた。たくさんの笑《わら》い声《ごえ》に、体育館全体《たいいくかんぜんたい》の空気《くうき》があたたかくなったように感《かん》じる。

その次《つぎ》のダンス部《ぶ》は、おそろいの衣装《いしょう》を着《き》て息《いき》がぴったりのダンスを披露《ひろう》してくれた。

続《つづ》く演劇部《えんげきぶ》では、里乃先輩《りのせんぱい》が主人公《しゅじんこう》を、アカネちゃんがその恋人役《こいびとやく》を演《えん》じていた。短《みじか》いけれども感動的《かんどうてき》で、思《おも》わず涙《なみだ》がこぼれそうになってしまった。

拍手《はくしゅ》をしながら、はっとわれに返《かえ》る。

いつの間《ま》にかステージに集中《しゅうちゅう》しちゃって、舞台袖《ぶたいそで》から注意《ちゅうい》がそれていた。念《ねん》のため体育館《たいいくかん》を見回《みまわ》してみたけれど、遠野先輩《とおのせんぱい》の姿《すがた》はない。

今《いま》も舞台袖《ぶたいそで》で、タイムキーパーの仕事《しごと》をこなしているのかな。

私《わたし》は時計《とけい》を見上《みあ》げた。五時間目《じかんめ》の始《はじ》まり、つまり送《おく》る会《かい》の開始《かいし》から、入場《にゅうじょう》と開会《かいかい》の言葉《ことば》で十分《ぷん》。その後《あと》の出《だ》し物《もの》は十五分《ふん》ずつだったから、一時間十分経《じかんぷんた》っているはずだ。

(あれ?)

思《おも》わず、首《くび》をかしげた。始《はじ》まってから、まだ一時間《じかん》しか経《た》っていない。

どうやら、プログラムの予定《よてい》より早《はや》く進《すす》んでいるみたいだ。

たしかに、野球部《やきゅうぶ》とダンス部《ぶ》は、演劇部《えんげきぶ》と比《くら》べて短《みじか》く感《かん》じた。十五分《ふん》もなかったかもしれない。

プログラムを作《つく》るとき、出《だ》し物《もの》の時間《じかん》に余裕《よゆう》を持《も》たせたのかな。

遠野先輩《とおのせんぱい》はタイムキーパーだけど、この時間《じかん》のズレをどう思《おも》ってるんだろう。

予定《よてい》より早《はや》く進《すす》むぶんには、問題《もんだい》ないのかな。

（ふう……）

明《あか》るい照明《しょうめい》とみんなの注目《ちゅうもく》を浴《あ》びるステージを見上《みあ》げながら、私《わたし》はひそかにため息《いき》をついた。

やっぱり、美術部《びじゅつぶ》としてあのステージに立《た》ちたかったな。

来年《らいねん》、立《た》てるかな。先輩《せんぱい》たちが引退《いんたい》したら、部長《ぶちょう》は瀧島君《たきしまくん》になるのかな？

今年《ことし》できなかった「思《おも》い出《で》の写真《しゃしん》クイズ」をやって、チバ先輩《せんぱい》と叶井先輩《かないせんぱい》に楽《たの》しんでもらえたらいいな。

プログラムが進《すす》み、写真部《しゃしんぶ》によるスライド上映《じょうえい》が始《はじ》まる。去年《きょねん》のヒット曲《きょく》をＢＧＭに、三年生《ねんせい》たちの思《おも》い出《で》の写真《しゃしん》が次《つぎ》から次《つぎ》へと流《なが》れ出《だ》した。

私《わたし》は、スクリーンから視線《しせん》をはずした。瀧島君《たきしまくん》は相変《あいか》わらず落《お》ち着《つ》いてイスに座《すわ》っているし、遠野先輩《とおのせんぱい》の姿《すがた》も見《み》えない。

今《いま》のところ、何《なに》も「台無《だいな》し」にはなっていない。残《のこ》る出《だ》し物《もの》は、三年生有志《ねんせいゆうし》による合唱《がっしょう》だけだ。

レイラ先輩《せんぱい》は、放課後《ほうかご》に練習《れんしゅう》をしているって言《い》ってたっけ。

実際《じっさい》、この一週間《しゅうかん》の間《あいだ》、三年生《ねんせい》の教室《きょうしつ》から歌声《うたごえ》がひびいてくるのを、何度《なんど》か耳《みみ》にしていた。

もうすぐ卒業《そつぎょう》してしまう仲間《なかま》たちとの、貴重《きちょう》な時間《じかん》だっただろう。

送《おく》られる側《がわ》とはいえ、本番《ほんばん》にかける思《おも》いもひとしおのはず。

それを、瀧島君《たきしまくん》が台無《だいな》しにしてしまうなんて……まるっきり、想像《そうぞう》がつかない。

（いったい、何《なに》が起《お》こるんだろう。ううん、きっと何《なに》も起《お》こらないはず……！）

胸《むね》がドキドキしてきた、そのとき。

視界《しかい》の端《はし》で、何《なに》かが動《うご》くのが見《み》えた。

舞台袖《ぶたいそで》、向《む》かって左側《ひだりがわ》のドアから、だれかが静《しず》かに出《で》てくるのがわかった。

さっきよりも暗闇《くらやみ》に慣《な》れた目《め》を、じっとこらす。

壁《かべ》づたいに後《うし》ろに向《む》かっていくその人《ひと》のことを、だれも気《き》にとめていないようだった。近《ちか》くにならんでいる先生《せんせい》たちも、目《め》を細《ほそ》めてスライドをながめている。

そのシルエットと頼《たよ》りない歩《ある》き方《かた》で「もしや」と思《おも》った瞬間《しゅんかん》、その人《ひと》の顔立《かおだ》ちがはっきりと見《み》えた。

あれは――遠野先輩《とおのせんぱい》だ！

13 空白《くうはく》

「……ちょっと、ごめん！」

小声《こごえ》で謝《あやま》りながら列《れつ》をぬけて、遠野先輩《とおのせんぱい》とは反対《はんたい》の壁《かべ》ぎわへと移動《いどう》する。

そこから目立《めだ》たないよう、小走《こばし》りで体育館《たいいくかん》の後《うし》ろのほうへと向《む》かった。

その途中《とちゅう》、遠野先輩《とおのせんぱい》が出入《でい》り口《ぐち》から出《で》て行《い》くのが見《み》えた。

出入《でい》り口《ぐち》にも、暗幕《あんまく》カーテンが引《ひ》かれている。光《ひかり》が入《はい》りこまないようにそれをめくって、静《しず》かに外《そと》へと出《で》た。

階段《かいだん》と靴箱《くつばこ》のあるエントランスをぬけて、体育館通路《たいいくかんつうろ》へと出《で》る。

その中《なか》ほどに、頼《たよ》りない様子《ようす》で歩《ある》く遠野先輩《とおのせんぱい》を見《み》つけた。

「遠野先輩《とおのせんぱい》！」

足元《あしもと》がふらついているように見《み》えて、あわてて声《こえ》をかける。

ふりかえった彼女《かのじょ》の顔《かお》は、唇《くちびる》まで真《ま》っ白《しろ》だった。

「大丈夫《だいじょうぶ》ですか⁉　顔色《かおいろ》、すごく悪《わる》いですよ」

「べつに……平気《へいき》。ちょっと、くらくらするだけ」

「保健室《ほけんしつ》に行《い》くんですか？　私《わたし》、いっしょについていきます」

そう言《い》って、私《わたし》は遠野先輩《とおのせんぱい》の腕《うで》に手《て》をそえた。

「……あなた、だれ？　保健委員《ほけんいいん》とか？」

遠野先輩《とおのせんぱい》が、けげんそうに眉《まゆ》をひそめる。

「私《わたし》は、如月美羽《きさらぎみう》です。瀧島幸都君《たきしまゆきとくん》の友達《ともだち》です」

「瀧島《たきしま》、の？」

瞳《ひとみ》が、ぎらっと光《ひか》った。

「……何《なに》。何《なに》か、彼《かれ》に言《い》われて来《き》たの？」

「違《ちが》います。私《わたし》ひとりの考《かんが》えで動《うご》いてます。その……ちょっと、遠野先輩《とおのせんぱい》にお聞《き》きしたいことがあって」

「聞《き》きたいこと？」

「はい。あの、瀧島君《たきしまくん》に、何《なに》か伝《つた》えることとかないでしょうか」

遠野先輩《とおのせんぱい》の目《め》が、ますますけわしくなる。

「……伝《つた》えること？　そんなもの、べつにない」

「でも、あの……！　委員長《いいんちょう》がぬけてしまって、他《ほか》の委員《いいん》の人《ひと》たち、大丈夫《だいじょうぶ》でしょうか」

「朝海《あさみ》が——副委員長《ふくいいんちょう》がいるから、問題《もんだい》ない」

遠野先輩《とおのせんぱい》は、私《わたし》の手《て》をふりはらうように腕《うで》をふった。

「保健室《ほけんしつ》には、ひとりで行《い》けるから平気《へいき》。スライド、十分《ぶん》しかないからもう終《お》わる。その次《つぎ》は三年生《ねんせい》の合唱《がっしょう》でしょ。美術部《びじゅつぶ》の元部長《もとぶちょう》も出《で》るはずだから、戻《もど》ったほうがいい」

「いえ、でも……」

合唱《がっしょう》には、レイラ先輩《せんぱい》だけでなく深谷先輩《ふかやせんぱい》も出《で》る。見逃《みのが》したくない。だけど……。

（……ん？）

なんだろう。今《いま》、何《なに》か違和感《いわかん》が——……

「——美羽《みう》ちゃん！」

とつぜん後《うし》ろから聞《き》こえてきた声《こえ》に、おどろいてふりかえる。

「夕実《ゆみ》ちゃん、どうしたの？」

「こっちのセリフだよ！　気《き》がついたらいなくなってるから、すごくびっくりしたんだよ。よかった、見《み》つけられて。どうしたの？　何《なに》かあったの？」

「ううん、大丈夫《だいじょうぶ》。夕実《ゆみ》ちゃんは戻《もど》ってて。私《わたし》、ちょっと保健室《ほけんしつ》に行《い》って……」

そのとき。

じじじ、と、ノイズの音《おと》が耳《みみ》に飛《と》びこんできた。

はっと息《いき》をのむ間《ま》もなく、サキヨミが始《はじ》まる。

――合唱《がっしょう》のピアノ前奏中《ぜんそうちゅう》、とつぜん真《ま》っ暗闇《くらやみ》になる体育館《たいいくかん》。おどろきやとまどいの声《こえ》でざわつく中《なか》、どたどたっという大《おお》きな音《おと》に続《つづ》き、大《おお》きな悲鳴《ひめい》が起《お》こる。「おい、だれか舞台《ぶたい》から落《お》ちたぞ！」――

「……夕実《ゆみ》ちゃん！」

私《わたし》の硬《かた》い声《こえ》に、夕実《ゆみ》ちゃんがびくっと肩《かた》を震《ふる》わせた。

「お願《ねが》いがあるの。私《わたし》のかわりに、遠野先輩《とおのせんぱい》を保健室《ほけんしつ》に連《つ》れていってくれないかな」

夕実《ゆみ》ちゃんの目《め》が、はっと見開《みひら》かれる。

「美羽《みう》ちゃん、今《いま》、私《わたし》のサ……」

遠野先輩《とおのせんぱい》をちらりと見《み》ると、そこで言葉《ことば》を止《と》めた。そうして、ゆっくりとうなずく。

「わかった。でも、ムチャしないでね」

「うん！」

不思議《ふしぎ》そうな顔《かお》をした遠野先輩《とおのせんぱい》に背《せ》を向《む》け、私《わたし》は体育館《たいいくかん》へと急《いそ》いだ。

走《はし》りながら、今見《いまみ》たサキヨミの光景《こうけい》を思《おも》い出《だ》す。

（舞台《ぶたい》から、だれかが落《お》ちちゃうなんて……！　どうしてとつぜん、照明《しょうめい》が消《き》えたんだろう。停《てい》電《でん》、かな。それとも……）

瀧島君《たきしまくん》のサキヨミ――「台無《だいな》し」という言葉《ことば》と、何《なに》か関係《かんけい》があるのかもしれない。

体育館《たいいくかん》に戻《もど》ると、ちょうどスライドが終《お》わったところだった。

司会者《しかいしゃ》の声《こえ》が、マイクを通《とお》してひびく。けれどその声《こえ》の主《ぬし》は、瀧島君《たきしまくん》ではなかった。

「写真部《しゃしんぶ》のみなさん、ありがとうございました。次《つぎ》は、三年生有志《ねんせいゆうし》による合唱《がっしょう》です」

（司会《しかい》が、朝海先輩《あさみせんぱい》に代《か》わってる……!?）

ステージの照明《しょうめい》がつき、ぱっと明《あか》るくなる。舞台袖《ぶたいそで》から、三年生《ねんせい》が列《れつ》になって現《あらわ》れた。その中《なか》には、レイラ先輩《せんぱい》と深谷先輩《ふかやせんぱい》の姿《すがた》も見《み》える。

（どうして？　瀧島君《たきしまくん》、どこにいるの？）

彼《かれ》のシルエットを捜《さが》すけれど、どこにも見《み》つけることはできない。予想外《よそうがい》の事態《じたい》に、気持《きも》ちばかりがあせる。

ステージを見《み》ると、ピアノの横《よこ》に、伴奏《ばんそう》をするらしい女子生徒《じょしせいと》が立《た》っているのが見《み》えた。

(まずい！　もう、始《はじ》まっちゃう！)

さっきのサキヨミは、ピアノ前奏中《ぜんそうちゅう》のできごとだった。女子生徒《じょしせいと》がピアノのイスに座《すわ》る光景《こうけい》を前《まえ》に、どくどくと全身《ぜんしん》の血《ち》が騒《さわ》ぎだす。

(照明《しょうめい》が消《き》える原因《げんいん》がわからないなら、とにかく「暗闇《くらやみ》」の状態《じょうたい》をなんとかするしかない……！)

拍手《はくしゅ》とともに、ステージ上《じょう》の三年生《ねんせい》と伴奏者《ばんそうしゃ》がお辞儀《じぎ》をした。私《わたし》はエントランスに戻《もど》り、二階《かい》の通路《つうろ》につながる階段《かいだん》を駆《か》け上《あ》がった。

ステージからだれかが落《お》ちてしまうという事故《じこ》は、暗闇《くらやみ》が引《ひ》き起《お》こしたものだ。

それなら、光《ひかり》を入《い》れてしまえばいい。

閉《し》められている暗幕《あんまく》カーテンを、開《あ》ければいいんだ。

少《すこ》しでも開《あ》ければ、太陽《たいよう》の光《ひかり》がステージを照《て》らしてくれるはず！

右側《みぎがわ》の通路《つうろ》を進《すす》み、ステージのほうへと向《む》かう。左側《ひだりがわ》は壁《かべ》で行《い》き止《ど》まりだったけど、右側《みぎがわ》の通《つう》路《ろ》のつきあたりにはドアがあった。きっと、舞台袖《ぶたいそで》とつながってるんだ。

ドアの前《まえ》まで着《つ》いたときには、ピアノの前奏《ぜんそう》が始《はじ》まっていた。暗幕《あんまく》カーテンに手《て》をかけ、ステージ上《じょう》のレイラ先輩《せんぱい》たちをじっと見守《みまも》る。

その視線《しせん》が、ふいに別《べつ》のものへと吸《す》い寄《よ》せられた。

あまりのおどろきに、一瞬息《いっしゅんいき》が止《と》まる。

ステージ左側《ひだりがわ》の舞台袖《ぶたいそで》。

そこに、うさ耳《みみ》をつけた人物《じんぶつ》のシルエットが見《み》えたんだ。

(まさか、雪《ゆき》うさ……⁉)

そんなはずはない、とすぐにその考《かんが》えを打《う》ち消《け》す。

でも、じゃあどうしてうさ耳《みみ》をつけた人《ひと》があそこに？

もう一度《いちど》、朝海先輩《あさみせんぱい》の周《まわ》りを見《み》る。瀧島君《たきしまくん》の姿《すがた》は、やっぱり見《み》えない。

あれは、瀧島君《たきしまくん》なの？　背格好《せかっこう》が似《に》てる。

何《なに》より、うさ耳《みみ》だけじゃなく、裾《すそ》のふくらんだワンピースを身《み》につけているんだ。

(でもまさか、どうして？　瀧島君《たきしまくん》は、雪《ゆき》うさをやめたのに……)

混乱《こんらん》しながらも、うさ耳《みみ》の人物《じんぶつ》の顔《かお》を確《たし》かめようと、私《わたし》は目《め》をこらした。けれど、ステージを照《て》らす光《ひかり》は、その人《ひと》が立《た》っている舞台袖《ぶたいそで》の奥《おく》までは届《とど》いていない。

（もう少《すこ》し……もう少《すこ》し、近《ちか》ければ……）

手《て》すりをつかんで、身《み》を乗《の》り出《だ》したときだった。

ステージを照《て》らしていた照明《しょうめい》が、すっと消《き》えた。

ピアノの演奏《えんそう》がとまどったように止《と》まり、体育館《たいいくかん》の中《なか》にざわめきが起《お》こる。

（いけない！　カーテンを……！）

あわてて、手《て》すりをつかんでいた手《て》を離《はな》す。そのとき、

「**きゃっ……！**」

バランスを崩《くず》し、手《て》すりから乗《の》り出《だ》していた上半身《じょうはんしん》が大《おお》きく下《した》へと傾《かたむ》いた。

あわててもがき、近《ちか》くに垂《た》れ下《さ》がっていた防球《ぼうきゅう》ネットをつかむ。

下《した》では、「ひゃっ！」「何《なに》!?」「停電《ていでん》？」という声《こえ》が、あちこちから上《あ》がっている。

私《わたし》は、ひざが手《て》すりにぎりぎり引《ひ》っかかっている状態《じょうたい》だった。けれど体重《たいじゅう》の大部分《だいぶぶん》は、ネットをつかんだ両手《りょうて》にかかってしまっている。

すぐ下《した》にいる生徒《せいと》も先生《せんせい》たちも、とつぜんの暗闇《くらやみ》に動揺《どうよう》していて、私《わたし》がいることに気《き》づいていない。

（どうしよう。高《たか》い……怖《こわ》い……！）

力《ちから》を入《い》れて体《からだ》を戻《もど》そうとするけれど、落《お》ちないようにネットにしがみつくのがせいいっぱいだ。

このまま暗闇《くらやみ》が続《つづ》けば、さっきのサキヨミが現実《げんじつ》になってしまう。

あせりと情《なさ》けなさとで、かあっと頭《あたま》が熱《あつ》くなった。じわりと涙《なみだ》がにじみ出《で》る。

舞台《ぶたい》から落《お》ちてしまうだれかを、助《たす》けたいって思《おも》ったのに。

私《わたし》のほうが、助《たす》けが必要《ひつよう》な状況《じょうきょう》になっちゃうなんて……！

絶望感《ぜつぼうかん》でいっぱいになった、そのときだった。

ぱっと照明《しょうめい》がつき、ステージが再《ふたた》び明《あか》るさを取《と》り戻《もど》した。

ステージ上《じょう》にならぶ三年生《ねんせい》たちの列《れつ》は、乱《みだ》れていた。

でも、見《み》たところ、そこから落《お》ちた人《ひと》はいない。

（未来《みらい》……変《か》わっ、たの……？）

「──大変失礼《たいへんしつれい》しました。改《あらた》めて、三年生有志《ねんせいゆうし》の合唱《がっしょう》です」

朝海先輩《あさみせんぱい》の声《こえ》に続《つづ》き、再《ふた》びピアノの前奏《ぜんそう》が始《はじ》まった。今度《こんど》は問題《もんだい》なく、合唱《がっしょう》が始《はじ》まる。

ほっとして、緊張《きんちょう》がゆるむ。でも、体《からだ》のほうはそうはいかなかった。ネットをつかむ手《て》が、小《こ》きざみに震《ふる》えている。このままだと、いつか力尽《ちからつ》きてしまう。

（どうしよう。助《たす》けを呼《よ》ばなくちゃ。でも、そんなことしたら……！）

私《わたし》が、レイラ先輩《せんぱい》たちの合唱《がっしょう》を台無《だいな》しにしちゃう……！

ぎゅっと、目《め》をつぶる。涙《なみだ》が目《め》からこぼれた、そのとき。

私《わたし》の腕《うで》を、だれかがしっかりとつかんだ。

「やっぱり、如月《きさらぎ》さんだ」

「瀧島君《たきしまくん》……!?」

開《ひら》いたドアの前《まえ》に、瀧島君《たきしまくん》が立《た》っていた。私《わたし》の後《うし》ろに立《た》ち、両手《りょうて》でしっかりと私《わたし》の体《からだ》を支《ささ》えてくれる。

「大丈夫《だいじょうぶ》。こっちに体重《たいじゅう》をあずけて」

両手《りょうて》に、力《ちから》が戻《もど》った。瀧島君《たきしまくん》に支《ささ》えられながら、ネットをたぐるようにして傾《かたむ》いた体《からだ》を起《お》こしていく。

最後《さいご》に、ぐっと引《ひ》っ張《ぱ》られた。瀧島君《たきしまくん》の上《うえ》に倒《たお》れこむようにしながら、ようやく通路《つうろ》の床《ゆか》に両足《りょうあし》がつく。

「あっ……ありがとう、瀧島君《たきしまくん》」

まだ震《ふる》えている手《て》を、さすりながら言《い》う。

「気《き》づいてよかったよ。如月《きさらぎ》さんの声《こえ》が聞《き》こえた気《き》がして、飛《と》んで来《き》たんだ」

「え……声《こえ》？」

「悲鳴《ひめい》を上《あ》げただろう、さっき」

そういえば、落《お》ちる瞬間《しゅんかん》、小《ちい》さな声《こえ》を上《あ》げた

かもしれない。

でもあのときは、体育館《たいいくかん》の中《なか》もざわついていたはずだ。

そんな状況《じょうきょう》でも、私《わたし》の小《ちい》さな悲鳴《ひめい》を聞《き》き分《わ》けてくれた……ってこと？

「ひとまず、舞台袖《ぶたいそで》に行《い》こう」

瀧島君《たきしまくん》とともに、私《わたし》はドアのむこうの階段《かいだん》を下《お》り、ステージ右側《みぎがわ》の舞台袖《ぶたいそで》へと向《む》かった。

ステージでは、三年生《ねんせい》たちのきれいな歌声《うたごえ》がひびいている。

楽《たの》しそうに歌《うた》うレイラ先輩《せんぱい》の横顔《よこがお》を見《み》て、よかった、と改《あらた》めてほっとする。

すると、瀧島君《たきしまくん》が私《わたし》の耳《みみ》に口《くち》を寄《よ》せた。

「如月《きさらぎ》さんは、サキヨミを見《み》たんだね」

びくっとしながらも、「うん」と答《こた》える。

「とつぜんステージが暗《くら》くなって、だれかがそこから落《お》ちちゃうっていう未来《みらい》が見《み》えて。それで、カーテンを開《あ》けようと思《おも》ったんだけど……そうだ、どうして照明《しょうめい》が消《き》えちゃったんだろう」

「……ごめん。僕《ぼく》のせいなんだ」

「え？」

瀧島君《たきしまくん》は、ゆっくりとステージのほうを指《ゆび》さした。

「あれを見《み》て、おどろいて……」

瀧島君《たきしまくん》の指《ゆび》が示《しめ》す先《さき》を見《み》て、私《わたし》はあっと声《こえ》を上《あ》げそうになった。

うさ耳《みみ》をつけてワンピースを来《き》た人物《じんぶつ》のシルエットが、ステージのむこうの暗《くら》がりに浮《う》かび上《あ》がっている。

「そ、そうだ、あれ！　いったい、あれは……」

「先生《せんせい》だよ」

後《うし》ろからした声《こえ》にふりかえる。そこには、朝海先輩《あさみせんぱい》が立《た》っていた。

「瀧島《たきしま》、どう？　もう平気《へいき》？」

「すみませんでした。大丈夫《だいじょうぶ》です」

瀧島君《たきしまくん》が、あわてたように頭《あたま》を下《さ》げた。

「あの、朝海先輩《あさみせんぱい》。今《いま》、先生《せんせい》と言《い》いましたけど、どういうことですか？　どうして先生《せんせい》が、あんな格好《かっこう》を……？」

「ああ、知《し》らせてなくて悪《わる》かった。この後《あと》、先生《せんせい》のサプライズ出《だ》し物《もの》があるんだよ。あれは、ミミふわのコスプレをした桜井先生《さくらいせんせい》だよ」

「桜井先生《さくらいせんせい》って、音楽《おんがく》のですか？」

「ああ。先生《せんせい》たち、コスプレバンドをやるんだよ。すごいだろ？」

そのとき、私《わたし》の頭《あたま》の中《なか》に、遠野先輩《とおのせんぱい》の言葉《ことば》がよみがえった。

――スライド、十分《ぷん》しかないからもう終《お》わる。

そうだ。あのとき感《かん》じた違和感《いわかん》は、これだ。

出《だ》し物《もの》の時間《じかん》は、ぜんぶ十五分《ふん》ずつだったはずだ。

けれど遠野先輩《とおのせんぱい》は、はっきりと「十分《ぷん》」と言《い》った。

送《おく》る会《かい》は、あの時点《じてん》で、プログラムに書《か》かれていた時間《じかん》よりも十分早《ぷんはや》く進《すす》んでいた。タイムキーパーを務《つと》めているのが、細《こま》かいことにまできっちりと厳《きび》しい遠野先輩《とおのせんぱい》なのに、だ。

それにくわえて、十分《ぷん》のスライド。さらに、五分《ふん》のズレが生《う》まれてしまう。

つまり、十五分間《ふんかん》の空白《くうはく》の時間《じかん》が生《う》まれることになる。

その十五分《ふん》は、このサプライズのために作《つく》られた時間《じかん》だったんだ……！

「あの！　他《ほか》の委員《いいん》の方々《かたがた》は、このサプライズのことを知《し》ってるんですか？」

私《わたし》が聞《き》くと、朝海先輩《あさみせんぱい》は「いいや」と首《くび》をふった。

「知《し》ってるのは、二年《ねん》の委員《いいん》だけだよ。委員用《いいんよう》プログラムの時間《じかん》も、わざと間違《まちが》ったものにしてあるんだ。あれに入《い》れちゃうと、情報《じょうほう》がモレる可能性《かのうせい》があったからね」

「なるほど……。だから朝海先輩《あさみせんぱい》は、スライドの後《あと》で僕《ぼく》と司会《しかい》を代《か》わったんですね。僕《ぼく》の台本《だいほん》にはない、サプライズ出《だ》し物《もの》の紹介《しょうかい》をするために」

「そういうこと。サプライズだから、紹介《しょうかい》するのは一曲目《きょくめ》が終《お》わった後《あと》なんだけどね」

朝海先輩《あさみせんぱい》はニッと笑《わら》うと、ステージのほうへと視線《しせん》を向《む》けた。

「勅使河原先生《てしがわらせんせい》、昔《むかし》バンドでギターボーカルしてたんだってさ。意外《いがい》だよねえ。ミケネコ戦士《せんし》のエレンのコスプレがしたいって言《い》うから、おれも手伝《てつだ》ったんだ」

「エレンって、この間《あいだ》の給食《きゅうしょく》のときの……」

思《おも》わず言《い》った私《わたし》に、朝海先輩《あさみせんぱい》はうれしそうな笑顔《えがお》になった。

「あっ、そうそう！　あれ、おれがリクエストしたんだ！」

そのとき、ステージから音《おと》が消《き》えた。

一瞬《いっしゅん》の間《ま》を置《お》いて、あたたかい拍手《はくしゅ》が私《わたし》たちを包《つつ》んだ。

14 ステージの裏《うら》で

とつぜん始《はじ》まった先生《せんせい》たちのコスプレバンドは、おおいに盛《も》り上《あ》がった。

まさか先生《せんせい》による出《だ》し物《もの》が行《おこな》われると思《おも》っていなかった生徒《せいと》たちは、演奏《えんそう》に合《あ》わせて歓声《かんせい》を上《あ》げた。ステージの下《した》へと押《お》しよせる人《ひと》たちもいて、体育館《たいいくかん》はまるでライブ会場《かいじょう》みたいになった。

「てっしー先生《せんせい》ー!!」

「やば！　桜井先生《さくらいせんせい》、ミミふわめっちゃ似合《にあ》ってる！」

舞台袖《ぶたいそで》にいた中央委員《ちゅうおういいん》たちが、サイド幕《まく》のそばでテンション高《たか》く飛《と》びはねている。

「そういえば君《きみ》、美術部《びじゅつぶ》の子《こ》だよね。どうしてここに？」

ぎくっとしつつも、私《わたし》はあわてて答《こた》えた。

「えっと、その、遠野先輩《とおのせんぱい》のことを伝《つた》えにきたんです。体調《たいちょう》をくずして、今《いま》保健室《ほけんしつ》にいます」

「えっ、ほんと!?」

朝海先輩《あさみせんぱい》とともに、瀧島君《たきしまくん》もおどろいた表情《ひょうじょう》で私《わたし》を見《み》た。

「はい。夕実《ゆみ》ちゃ……友達《ともだち》が付《つ》き添《そ》って、連《つ》れていってくれました」

「それは心配《しんぱい》だな。あとで様子見《ようすみ》に行《い》かないと。教《おし》えてくれてありがとう。えーと」

「如月《きさらぎ》です」

「如月《きさらぎ》さん。おれはもう戻《もど》るけど、よかったらこのままここで見《み》ていきなよ。いい思《おも》い出《で》になるよ」

朝海先輩《あさみせんぱい》は私《わたし》にそう言《い》うと、舞台袖《ぶたいそで》から出《で》ていった。

どうしようと思《おも》っていると、瀧島君《たきしまくん》がゴホンと咳《せき》ばらいをした。

「……なるほど。昨日《きのう》の占《うらな》い動画《どうが》は、如月《きさらぎ》さんから遠野先輩《とおのせんぱい》へのメッセージだったんだね」

その言葉《ことば》に、ドキッと胸《むね》がはねあがる。

「実《じつ》は、そうなの。遠野先輩《とおのせんぱい》が保健室《ほけんしつ》で寝《ね》ているサキヨミを見《み》て、今日《きょう》の送《おく》る会《かい》に関係《かんけい》してることなんじゃないかって思《おも》って、それで……。勝手《かって》なことして、ごめん！」

「言《い》っただろう、如月《きさらぎ》さんの自由《じゆう》だって。おどろいたけど……なんだか、うれしかったんだ。立《りっ》派《ぱ》になったなあって」

「そ、そんなことないよ！　遠野先輩《とおのせんぱい》には、届《とど》かなかったみたいだし」

私《わたし》は、遠野先輩《とおのせんぱい》の動《うご》きに注意《ちゅうい》していたこと、具合《ぐあい》が悪《わる》そうな先輩《せんぱい》の後《あと》を追《お》いかけて事故《じこ》のサキヨミを見《み》たこと、夕実《ゆみ》ちゃんに付《つ》き添《そ》いをお願《ねが》いしたことを瀧島君《たきしまくん》に話《はな》した。

「未来《みらい》、変《か》えられなかった。結局遠野先輩《けっきょくとおのせんぱい》のサキヨミは、現実《げんじつ》になっちゃったんだ」

「でも、事故《じこ》のサキヨミを見《み》ることができたのは、如月《きさらぎ》さんが遠野先輩《とおのせんぱい》の動《うご》きに注意《ちゅうい》していたおかげだろう？　昨日《きのう》の動画《どうが》もだけど、今日《きょう》の如月《きさらぎ》さんの行動《こうどう》も、さすがミミふわって感《かん》じるよ」

小声《こごえ》で言《い》われて、恥《は》ずかしさなのかうれしさなのか、顔《かお》がぶわっと熱《あつ》くなる。

すると瀧島君《たきしまくん》は、迷《まよ》うようにちょっと目《め》を泳《およ》がせた。

「それで、さっきの話《はなし》の続《つづ》きなんだけど……昨日《きのう》の動画《どうが》を見《み》ていたこともあって、僕《ぼく》はとんでもないカン違《ちが》いをしてしまったんだ」

「カン違《ちが》い？」

首《くび》をかしげた私《わたし》に、瀧島君《たきしまくん》は言《い》いづらそうに切《き》り出《だ》した。

「実《じつ》は、その……桜井先生《さくらいせんせい》を、ミミふわになった如月《きさらぎ》さんだと思《おも》いこんでしまったんだ」

「えっ!?　わ、私《わたし》!?」

おどろいて、思《おも》わず大《おお》きな声《こえ》が出《で》てしまう。

桜井先生《さくらいせんせい》のシルエットを見《み》て、「まさか雪《ゆき》うさ!?」って思《おも》っていたあのとき。

瀧島君《たきしまくん》のほうは逆《ぎゃく》に、それをミミふわ――私《わたし》だと思《おも》っていた……ってこと!?

「そうなんだ。如月《きさらぎ》さんが僕《ぼく》を助《たす》けるために、ミミふわになって何《なに》か無茶《むちゃ》なことをしようとしてるんじゃないかって……。やめさせなきゃ、守《まも》らなきゃって思《おも》った。それで気《き》がついたら、照明《しょうめい》のスイッチを切《き》っていたんだ」

瀧島君《たきしまくん》は、申《もう》し訳《わけ》なさそうな表情《ひょうじょう》で近《ちか》くの壁《かべ》を見《み》た。

フタの開《あ》いた操作盤《そうさばん》の中《なか》に、ボタン式《しき》の四角《しかく》いスイッチがたくさんならんでいるのが見《み》える。

停電《ていでん》じゃなかった。とつぜん暗闇《くらやみ》になったのは、瀧島君《たきしまくん》が照明《しょうめい》を消《け》したからだったんだ。

「とにかく、ミミふわ姿《すがた》の如月《きさらぎ》さんをみんなの目《め》から隠《かく》さなきゃと思《おも》った。その後《あと》はステージに飛《と》び出《だ》して、むこうの舞台袖《ぶたいそで》まで行《い》くつもりだった。説得《せっとく》するか、どこかに隠《かく》そうと思《おも》ったんだ」

(ステージに、飛《と》び出《だ》して……!?)

あっけにとられる私《わたし》を前《まえ》に、瀧島君《たきしまくん》は続《つづ》ける。

「でも、ぜんぜん別《べつ》の方向《ほうこう》から如月《きさらぎ》さんの声《こえ》が聞《き》こえて、あれは如月《きさらぎ》さんじゃないってわかって。それで、すぐに照明《しょうめい》をつけて階段《かいだん》を上《のぼ》ったんだ。とっさに他《ほか》の委員《いいん》に、ふらついてスイッチを押《お》してしまったって言《い》い訳《わけ》をしてからね」

「あっ……それじゃあ、さっき朝海先輩《あさみせんぱい》が『平気《へいき》?』って聞《き》きにきたのは……」

「僕《ぼく》を心配《しんぱい》して、様子《ようす》を見《み》にきてくれたんだ」

瀧島君《たきしまくん》は、私《わたし》に顔《かお》を向《む》けてほほえんだ。

「危《あぶ》なかったよ。如月《きさらぎ》さんが動《うご》いてくれたおかげで、僕《ぼく》はステージに飛《と》び出《だ》さずにすんだ。如月《きさらぎ》さんが見《み》たサキヨミの事故《じこ》は、僕《ぼく》が引《ひ》き起《お》こしてしまうものだったんだと思《おも》う」

あ、と声《こえ》が出《で》る。

サキヨミで聞《き》いた、どたどたっという音《おと》。あれは、ステージを突《つ》っ切《き》って舞台袖《ぶたいそで》に向《む》かおうとする瀧島君《たきしまくん》と、彼《かれ》におどろいた三年生《ねんせい》の足音《あしおと》だったのかもしれない。

「そっか。それじゃあ、『台無《だいな》し』っていうのは……」

「出《だ》し物《もの》をめちゃくちゃにした上《うえ》に、事故《じこ》まで起《お》こしてしまったんだ。台無《だいな》し以外《いがい》の何物《なにもの》でもない。責《せ》められて当然《とうぜん》だよ」

苦笑《にがわら》いをする瀧島君《たきしまくん》を見《み》て、私《わたし》はほうっと息《いき》をついた。

サプライズの出《だ》し物《もの》でコスプレをした先生《せんせい》を、ミミふわと見間違《みまちが》えてしまった瀧島君《たきしまくん》。

「台無《だいな》し」のサキヨミも事故《じこ》のサキヨミも、両方《りょうほう》そこにつながっていたんだ。

（って、ことは……）

「よかった。サキヨミの未来《みらい》、変《か》えられたんだね」

「如月《きさらぎ》さんががんばってくれたおかげだよ。あの悲鳴《ひめい》がなければ、今頃大変《いまごろたいへん》なことになっていた。サプライズどころじゃなかったはずだ」

それに、と瀧島君《たきしまくん》が付《つ》け加《くわ》える。

「如月《きさらぎ》さんを助《たす》けられて、本当《ほんとう》によかった。高《たか》いところで、怖《こわ》かったよね。よくがんばったね」

「そんな……！」

優《やさ》しい言葉《ことば》に、思《おも》わず涙《なみだ》がこみあげてくる。私《わたし》は、ごまかすように言《い》った。

「瀧島君《たきしまくん》こそ、私《わたし》を助《たす》けてくれようとしたんだよね。桜井先生《さくらいせんせい》のシルエットを、私《わたし》だと思《おも》って」

「ああ。見《み》た瞬間《しゅんかん》、いても立《た》ってもいられなくなった。とにかく、如月《きさらぎ》さんを守《まも》らなきゃって……周《まわ》りの状況《じょうきょう》が、何《なに》も見《み》えなくなってしまった」

そう言《い》って、きまり悪《わる》そうに手《て》で顔《かお》をおおう。

「自分《じぶん》は、冷静《れいせい》なほうだと思《おも》ってたけど。やっぱり如月《きさらぎ》さんのことになると、そうじゃなくなっちゃうみたいだ」

指《ゆび》の隙間《すきま》から、瀧島君《たきしまくん》の目《め》がのぞいていた。

私《わたし》は彼《かれ》の言葉《ことば》におどろいて、しばらくの間固《あいだかた》まってしまう。

(今《いま》の……どういう意味《いみ》？)

最近《さいきん》、というか少《すこ》し前《まえ》から、たまに考《かんが》えるようになってしまったんだ。

瀧島君《たきしまくん》の、私《わたし》を「好《す》きだった」気持《きも》ち。

もしかしたら、今《いま》でも少《すこ》しだけ残《のこ》ってたりしないかな……って。

都合《つごう》よすぎるって思《おも》うけど、でも、「そうであってほしい」っていう気持《きも》ちがどんどん大《おお》きくなっていって。

(だから……あんまり、変《へん》なこと言《い》わないでほしいな)

もっともっと好《す》きになってしまって、胸《むね》の中《なか》におさえられなくなった気持《きも》ちが、口《くち》から飛《と》び出《だ》してしまいそうになるから。

「卒業《そつぎょう》、おめでとうー!!」

勅使河原先生《てしがわらせんせい》の声《こえ》に続《つづ》いて、わーっと歓声《かんせい》がひびいた。

◆ ◆ ◆ ◇ ◆ ◆ ◆ ◆

その後《ご》、私《わたし》は自分《じぶん》の席《せき》へと戻《もど》った。

夕実《ゆみ》ちゃんの姿《すがた》を確認《かくにん》し、ほっとする。遠野先輩《とおのせんぱい》のこと、あとでお礼《れい》を言《い》わなきゃ。

全員《ぜんいん》で校歌《こうか》を歌《うた》い、朝海先輩《あさみせんぱい》による閉会《へいかい》の言葉《ことば》がすむと、三年生《ねんせい》が退場《たいじょう》した。一・二年生《ねんせい》も、わいわいと体育館《たいいくかん》を後《あと》にしていく。

そんな中《なか》、私《わたし》はすぐさま夕実《ゆみ》ちゃんのもとに向《む》かった。

「夕実《ゆみ》ちゃん、ありがとう！　遠野先輩《とおのせんぱい》、大丈夫《だいじょうぶ》だった？」

「うん！　軽《かる》い貧血《ひんけつ》みたい。しばらく休《やす》めば大丈夫《だいじょうぶ》だろうって、保健《ほけん》の先生《せんせい》が」

それで、と夕実《ゆみ》ちゃんが声《こえ》を低《ひく》くする。

「大丈夫《だいじょうぶ》だったの？　サキヨミ見《み》たんでしょ？　無事《ぶじ》に、未来変《みらいか》えられた？」

やっぱり。夕実《ゆみ》ちゃんは、私《わたし》がサキヨミを見《み》たことも、未来《みらい》を変《か》えるために動《うご》こうとしていたことも、わかっていたんだ。

「うん。変《か》えられたよ。送《おく》る会《かい》、台無《だいな》しにならなかった」

「よかった！　ねえ、教《おし》えて！　何《なに》をしたの？　あとあと、昨日《きのう》ミミふわになったのも、サキヨミを見《み》たからなんだよね。それって、遠野先輩《とおのせんぱい》が貧血《ひんけつ》になるって未来《みらい》？」

夕実《ゆみ》ちゃんの質問《しつもん》に、私《わたし》はひとつずつ答《こた》えていった。

遠野先輩《とおのせんぱい》が保健室《ほけんしつ》のベッドに寝《ね》ているというサキヨミを見《み》て、ミミふわになろうと決《き》めたこと。

事故《じこ》のサキヨミを見《み》て、二階《かい》の通路《つうろ》に上《あ》がったこと。

落《お》ちそうになって、瀧島君《たきしまくん》に助《たす》けてもらったこと。

先生《せんせい》のサプライズについて知《し》らなかった瀧島君《たきしまくん》が見間違《みまちが》いをして照明《しょうめい》を消《け》したことや、ステージに飛《と》び出《だ》そうとしていたことまで、ぜんぶ。

「それにしても、まさかサプライズでミミふわが出《で》てくるとはね。そりゃ照明《しょうめい》も消《け》しちゃうよね、瀧島君《たきしまくん》」

夕実《ゆみ》ちゃんの言葉《ことば》にふりかえると、いつの間《ま》にか瀧島君《たきしまくん》が立《た》っていた。咳《せき》ばらいをすると、やわらかくほほえむ。

「まあ、おどろいたけど、ちょっと安心《あんしん》したよ。遠野先輩《とおのせんぱい》の態度《たいど》は、秘密《ひみつ》を守《まも》ろうとしてのことだったのかもしれないって」

言《い》われて、ドキッとする。すると、夕実《ゆみ》ちゃんがうんうんとうなずいた。

「時間《じかん》が足《た》りないっていうのも、意地悪《いじわる》とかじゃなくて本当《ほんとう》だったんだね。よかったよ」

そう。美術部《びじゅつぶ》が送《おく》る会《かい》に出《で》られなかったのも、サプライズのことが伏《ふ》せられていたのも、瀧島《たきしま》君《くん》への意地悪《いじわる》じゃなかった。遠野先輩《とおのせんぱい》は、中央委員長《ちゅうおういいんちょう》としてしっかり仕事《しごと》をしていただけだった。

だけど、瀧島君《たきしまくん》への冷《つめ》たい態度《たいど》については、まだぜんぶ解決《かいけつ》したわけじゃない。

秘密《ひみつ》を守《まも》ろうとして、っていうのは、たしかにあったかもしれない。

でも、それ以外《いがい》の何《なに》かがある気《き》がしてならないんだ。

体育館通路《たいいくかんつうろ》で瀧島君《たきしまくん》の名前《なまえ》を出《だ》したとき、遠野先輩《とおのせんぱい》の表情《ひょうじょう》は明《あき》らかに変《か》わった。

とつぜん好《す》きな人《ひと》の名前《なまえ》を出《だ》されて、動揺《どうよう》したのかもしれない。

遠野先輩《とおのせんぱい》の気持《きも》ちを、確《たし》かめたい。瀧島君《たきしまくん》のことを、本当《ほんとう》はどう思《おも》っているのかを。

すると、瀧島君《たきしまくん》が口《くち》を開《ひら》いた。

「実《じつ》は、朝海先輩《あさみせんぱい》に頼《たの》まれたんだ。保健室《ほけんしつ》に行《い》って、遠野先輩《とおのせんぱい》の様子《ようす》を見《み》てきてくれって」

「あ、そうなの？　じゃあ、美羽《みう》ちゃんもいっしょに行《い》ってきなよ。私《わたし》は、チバ先輩《せんぱい》とヒサシ君《くん》に今聞《いまき》いたこと伝《つた》えてくるから！」

答《こた》える間《ま》もなく、夕実《ゆみ》ちゃんは私《わたし》たちから離《はな》れていった。

とたんに、静《しず》かな空気《くうき》が私《わたし》たちを包《つつ》む。

ちょうどいい。私《わたし》はどうしても、遠野先輩《とおのせんぱい》に聞《き》かなければいけないことがある。

「瀧島君《たきしまくん》。私《わたし》もいっしょに、行《い》っていい？」

「もちろん。いっしょに行《い》こう」

瀧島君《たきしまくん》は、優《やさ》しい顔《かお》でうなずいてくれた。

15 透明《とうめい》な気《き》持《も》ち

保健室《ほけんしつ》に入《はい》ると、先生《せんせい》の姿《すがた》はなかった。カーテンの引《ひ》かれたベッドが目《め》に入《はい》り、静《しず》かに近《ちか》づく。

「遠野先輩《とおのせんぱい》ですか？　瀧島《たきしま》です」

カーテンの外《そと》から声《こえ》をかける。ドキドキしながら返事《へんじ》を待《ま》つと、「なに？」とかすれた声《こえ》が返《かえ》ってきた。

「失礼《しつれい》します」

「……入《はい》って」

「朝海先輩《あさみせんぱい》に言《い》われて、様子《ようす》を見《み》にきました。倒《たお》れられたそうですが、大丈夫《だいじょうぶ》ですか？」

瀧島君《たきしまくん》が、私《わたし》を見《み》てうなずいた。そうして、「失礼《しつれい》します」とカーテンを開《あ》ける。

遠野先輩《とおのせんぱい》は、あおむけで寝《ね》ていた。瀧島君《たきしまくん》の次《つぎ》に私《わたし》の姿《すがた》を見《み》て、ぎょっとしたような顔《かお》になる。

「すみません。私《わたし》も心配《しんぱい》だったので、いっしょに来《こ》させてもらいました」

それだけではないのだけど、と思《おも》いながら言《い》う。遠野先輩《とおのせんぱい》はしばらくじっと私《わたし》を見《み》た後《あと》で、

「そう」と天井《てんじょう》に目《め》を向《む》けた。

「よかった。あなたにはお礼《れい》を言《い》いたいと思《おも》っていたから。わざわざ来《き》てくれて、ありがとう」

「具合《ぐあい》はどうですか？」

瀧島君《たきしまくん》がたずねる。

「軽《かる》い貧血《ひんけつ》だから、問題《もんだい》ない。もう少《すこ》し休《やす》んだら仕事《しごと》に戻《もど》る。朝海《あさみ》にはそう伝《つた》えて」

「わかりました」

それきりだまった瀧島君《たきしまくん》に、遠野先輩《とおのせんぱい》はちらりと視線《しせん》を流《なが》した。

「それで……送《おく》る会《かい》は、どうなった？」

「大成功《だいせいこう》ですよ。サプライズも、とても盛《も》り上《あ》がりました。みんな、おどろいていましたよ」

「そう」

遠野先輩《とおのせんぱい》の口元《くちもと》が、一瞬《いっしゅん》だけゆるんだように見《み》えた。けれども、すぐに冷《つめ》たい表情《ひょうじょう》に戻《もど》ってしまう。

「じゃあ、仕事《しごと》に戻《もど》って。朝海《あさみ》だけじゃ大変《たいへん》だろうから」

そう言《い》うと、瀧島君《たきしまくん》から顔《かお》をそむけるように横《よこ》を向《む》いた。

「わかりました。如月《きさらぎ》さん、行《い》こう」

私《わたし》を見《み》た瀧島君《たきしまくん》の顔《かお》は、明《あき》らかにくもっていた。少《すこ》しの悲《かな》しさと、さびしさと、あきらめと。彼《かれ》の中《なか》にそういうマイナスの感情《かんじょう》がうずまいているのが、ありありとわかった。

「あの」

ベッドから離《はな》れた瀧島君《たきしまくん》を追《お》わずに、私《わたし》は遠野先輩《とおのせんぱい》を見《み》つめた。

「私《わたし》、ずっと気《き》になってることがあって。遠野先輩《とおのせんぱい》の、瀧島君《たきしまくん》への態度《たいど》のことです」

「え……」

瀧島君《たきしまくん》が、とまどいの声《こえ》を出《だ》した。遠野先輩《とおのせんぱい》は、ゆっくりと顔《かお》を傾《かたむ》けて私《わたし》を見《み》た。

「私《わたし》はぜんぶを見《み》てきたわけじゃありませんし、聞《き》いただけのことも多《おお》いです。でも、遠野先輩《とおのせんぱい》の瀧島君《たきしまくん》への態度《たいど》は、ちょっと冷《つめ》たいように感《かん》じるんです」

「……で？」

「だから、こう思《おも》ったんです。**遠野先輩《とおのせんぱい》の中《なか》には、瀧島君《たきしまくん》に対《たい》する、何《なに》か特別《とくべつ》な気持《きも》ちがあるんじゃないかって**」

「特別《とくべつ》？」

「——如月《きさらぎ》さん。もういいよ」

瀧島君《たきしまくん》が、あわてたように言《い》う。

「僕《ぼく》は、大丈夫《だいじょうぶ》だから。気《き》にしてないし、単《たん》に考《かんが》えすぎってだけかもしれないし」

彼《かれ》の顔《かお》を見《み》た私《わたし》は、その言葉《ことば》がすぐに本心《ほんしん》からのものじゃないってわかった。

同時《どうじ》に、自分《じぶん》の身勝手《みがって》さに気《き》づく。こんなこと、ほんとなら私《わたし》が口《くち》を出《だ》すことじゃない。瀧島君《たきしまくん》が遠野先輩《とおのせんぱい》のことでなやんでいるってことを、暗《あん》に本人《ほんにん》に伝《つた》えることにもなってしまう。

瀧島君《たきしまくん》の気持《きも》ちを考《かんが》えたら、言《い》うべきじゃない。聞《き》くべきじゃない。

でも、このままにはしておけない。

瀧島君《たきしまくん》のためにも、遠野先輩《とおのせんぱい》のためにも。

それ以上《いじょう》に、私《わたし》のためにも。

「ごめん、瀧島君《たきしまくん》。私《わたし》が気《き》になるの。はっきりさせないと、何《なに》も考《かんが》えられなくなって、前《まえ》に進《すす》めない。このままじゃ、あのことだって決《き》められない」

瀧島君《たきしまくん》が、はっと目《め》を見開《みひら》く。

サキヨミの力《ちから》を手放《てばな》すかどうか。今《いま》それを持《も》ち出《だ》すのは、ひきょうなことだってわかってる。

でも、本当《ほんとう》のことだった。瀧島君《たきしまくん》が遠野先輩《とおのせんぱい》のことで苦《くる》しんでいること。遠野先輩《とおのせんぱい》が瀧島君《たきしまくん》のことを好《す》きかもしれないこと。このふたつがはっきり解決《かいけつ》しないと、考《かんが》えるときのノイズになってしまう。

私《わたし》は、知《し》りたいんだ。遠野先輩《とおのせんぱい》の気持《きも》ちを。そして、それを知《し》った後《あと》の、瀧島君《たきしまくん》の気持《きも》ちを。じゃないと――サキヨミの力《ちから》だけじゃなく、瀧島君《たきしまくん》のことだって、あきらめることすらできないから。

「――特別《とくべつ》って、何《なに》？」

遠野先輩《とおのせんぱい》が冷《ひ》えきった声《こえ》で言《い》った。それから、ゆっくりと体《からだ》を起《お》こす。

「私《わたし》はべつに、瀧島《たきしま》に対《たい》して何《なに》も思《おも》ってない。同《おな》じ委員《いいん》の後輩《こうはい》ってだけ。私《わたし》の態度《たいど》が冷《つめ》たく思《おも》えたなら、謝《あやま》る。でも、それ以上《いじょう》のことは何《なに》もしないし、言《い》わない」

静《しず》かな湖面《こめん》のような、感情《かんじょう》が見《み》えない瞳《ひとみ》だった。

でも、それは表面《ひょうめん》だけのはずだ。感情《かんじょう》――気持《きも》ちがない人間《にんげん》なんてひとりもいないってこと、私《わたし》はよく知《し》っている。

「遠野先輩《とおのせんぱい》。私《わたし》、気持《きも》ちって、自分《じぶん》でも完全《かんぜん》にはわからないものだって最近気《さいきんき》づいたんです。あるはずなのに、見《み》えない。……ううん、見《み》えていないふりをしているだけなのかもしれません」

自分《じぶん》の考《かんが》えを確《たし》かめていくように、少《すこ》しずつ言葉《ことば》を吐《は》き出《だ》す。

「たぶんそれは、『自分《じぶん》がこんなことを感《かん》じるはずがない』とか、『こんなこと感《かん》じちゃだめだ』っていう思《おも》いこみのせいなんじゃないかなって思《おも》うんです。そうやって自分《じぶん》で透明《とうめい》にして隠《かく》しちやうから、そのうち本当《ほんとう》に見失《みうしな》って、わからなくなってしまうんじゃないかって」

ぐっと拳《こぶし》を握《にぎ》った。視界《しかい》の端《はし》で、瀧島君《たきしまくん》がじっと私《わたし》の言葉《ことば》に耳《みみ》を傾《かたむ》けているのが見《み》える。

「遠野先輩《とおのせんぱい》の中《なか》にも、そういう気持《きも》ちがあるんじゃないですか。外《そと》から見《み》ても、中《なか》から見《み》ても、見《み》えない気持《きも》ち。でも、見《み》えないだけで、たしかにあるはずなんです。だから……**もう少《すこ》し、自分《じぶん》の気持《きも》ちを見《み》つめてみてください。そうすることで、きっと何《なに》かが変《か》わります**」

遠野先輩《とおのせんぱい》は、私《わたし》の言葉《ことば》が終《お》わったのを確《たし》かめるように、ゆっくりと首《くび》をかしげた。

「変《か》わるって、いいほうに？　それとも、悪《わる》いほうに？」

そう聞《き》かれて、少《すこ》し迷《まよ》ったあとで首《くび》をふる。

「それは……わかりません」

ふっと、遠野先輩《とおのせんぱい》の唇《くちびる》から息《いき》がもれた。

「ずいぶんと、無責任《むせきにん》だね」

「……どれだけ知《し》りたいと思《おも》っても、すべての未来《みらい》が見通《みとお》せるわけではありませんから。だけど自分《じぶん》の本当《ほんとう》の気持《きも》ちは、未来《みらい》へ進《すす》むためのガイドになると思《おも》います」

「まるで、見通《みとお》せる未来《みらい》もあるみたいな言《い》い方《かた》だけど」

「ありますよ。こうなりたいって強《つよ》く望《のぞ》んでいれば、きっとそうなります」

遠野先輩《とおのせんぱい》は、じっと私《わたし》の顔《かお》を見《み》つめた。何《なに》かを見定《みさだ》めるような強《つよ》い視線《しせん》に、一瞬《いっしゅん》おじけづきそうになる。

そのとき、

「失礼《しつれい》しまーす！」

がらりとドアが開《あ》いたかと思《おも》うと、朝海先輩《あさみせんぱい》が飛《と》びこんできた。

「朝海《あさみ》？」

遠野先輩《とおのせんぱい》が目《め》を丸《まる》くする。

「小夜《さよ》ちゃん、どう？　大丈夫《だいじょうぶ》？」

素早《すばや》くベッドの横《よこ》まで来《く》ると、朝海先輩《あさみせんぱい》は遠野先輩《とおのせんぱい》の顔《かお》をのぞきこんだ。

「どうしてここに……仕事《しごと》は、どうしたの」

「大体《だいたい》すんだよ。うーん、少《すこ》し顔色戻《かおいろもど》った感《かん》じだけど、まだ白《しろ》いね。あっ、外《そと》の自販機《じはんき》で栄養《えいよう》ドリンク買《か》ってこようか？」

「気持《きも》ちはありがたいけど、それはいらない」

遠野先輩《とおのせんぱい》は表情《ひょうじょう》を変《か》えずに首《くび》をふった。朝海先輩《あさみせんぱい》が、はーっと長《なが》い息《いき》をつく。

「まったく、ムリしすぎなんだよ小夜《さよ》ちゃんは。まだおれが倒《たお》れたときのこと気《き》にしてるの？」

そのとき、遠野先輩《とおのせんぱい》の表情《ひょうじょう》が動《うご》いた。はっと口《くち》を開《あ》けたかと思《おも》うと、見開《みひら》いた目《め》を一瞬《いっしゅん》だけ瀧《たき》島君《しまくん》のほうへと向《む》ける。

「何度《なんど》も言《い》ったけど、あれは『ミケネコ戦士《せんし》』の映画《えいが》を一気見《いっきみ》したせいで寝不足《ねぶそく》だったたってだけ。小夜《さよ》ちゃんのせいじゃないんだからね」

朝海先輩《あさみせんぱい》の言葉《ことば》に、遠野先輩《とおのせんぱい》は目《め》を泳《およ》がせた。

「……べつに、ムリなんてしてない。最近《さいきん》ちょっと、食事《しょくじ》がいい加減《かげん》だっただけ」

「朝《あさ》ごはん食《た》べた？　大事《だいじ》だよ？」

「今日《きょう》は、少《すこ》し食《た》べた」

「でも、今日《きょう》の給食《きゅうしょく》のミネストローネ、残《のこ》したんじゃない？　小夜《さよ》ちゃんあれキライだもんね」

「……半分《はんぶん》は食《た》べた」

「スープだから、『飲《の》んだ』じゃなくて？」

「具材《ぐざい》が多《おお》いスープは、『食《た》べる』でいいはず」

「その調子《ちょうし》なら、心配《しんぱい》いらなそうだね」

流《なが》れるような二人《ふたり》の会話《かいわ》に、しばしあっけにとられる。

すると、朝海先輩《あさみせんぱい》が私《わたし》と瀧島君《たきしまくん》のほうへと顔《かお》を向《む》けた。

「あっ、美術部《びじゅつぶ》、今《いま》、装飾《そうしょく》の片付《かたづ》けしてるよ。チバたち、体育館《たいいくかん》にいるから」

「あ……ありがとうございます」

瀧島君《たきしまくん》がそう言《い》い終《お》わらないうちに、朝海先輩《あさみせんぱい》は「じゃあ、またあとで来《く》るね」と言《い》い残《のこ》して保健室《ほけんしつ》を出《で》ていってしまった。

「はあ……」

遠野先輩《とおのせんぱい》が息《いき》をついた。疲《つか》れたような、ほっとしたような、不思議《ふしぎ》なため息《いき》。

「……もう、用《よう》はないでしょう。行《い》って」

そう言《い》って、うつむいてしまった。瀧島君《たきしまくん》は遠野先輩《とおのせんぱい》に一礼《いちれい》し、私《わたし》に顔《かお》を向《む》けた。

「如月《きさらぎ》さん、行《い》こう」

「——あの、もしかして、なんですけど」

私《わたし》の声《こえ》に、遠野先輩《とおのせんぱい》がはっと顔《かお》を上《あ》げた。

その瞳《ひとみ》は、さっきとは違《ちが》い、波立《なみだ》っているように見《み》えた。そこには、ある「マイナスの感情《かんじょう》」が垣間見《かいまみ》えた。

「もしかして……遠野先輩《とおのせんぱい》は、朝海先輩《あさみせんぱい》のときみたいに、瀧島君《たきしまくん》が倒《たお》れてしまうことを心配《しんぱい》してたんですか？」

16 あなたみたいな人《ひと》

「なっ……」

かけ布団《ぶとん》に手《て》をつき、ぎゅっとにぎる遠野先輩《とおのせんぱい》。

「なに……それ。関係《かんけい》、ないでしょう」

「最初《さいしょ》は、瀧島君《たきしまくん》に何《なに》か原因《げんいん》があるんだと思《おも》ってました。だから、遠野先輩《とおのせんぱい》にとって瀧島君《たきしまくん》が特《とく》別《べつ》な存在《そんざい》なんじゃないかって考《かんが》えたんです。もしかしたら、……好《す》きなんじゃないかって」

え、と瀧島君《たきしまくん》の口《くち》から小《ちい》さな声《こえ》がもれた。遠野先輩《とおのせんぱい》は、静《しず》かに首《くび》をふる。

「それはない。絶対《ぜったい》に……ない」

言《い》いながら、気《き》まずそうに顔《かお》をそらした。瀧島君《たきしまくん》が、ゆっくりとうつむく。

「でも、朝海先輩《あさみせんぱい》とのやりとりを聞《き》いて、思《おも》い直《なお》したんです。遠野先輩《とおのせんぱい》は、怖《こわ》がっているんじゃないかって」

「……怖《こわ》い？」

震《ふる》える唇《くちびる》で言《い》う彼女《かのじょ》に、うなずく。

「朝海先輩《あさみせんぱい》が朝礼《ちょうれい》で倒《たお》れたときに、遠野先輩《とおのせんぱい》に起《お》こったこと。それがまた起《お》こることを、怖《こわ》がっているんじゃないですか？」

あっけにとられたような表情《ひょうじょう》で、遠野先輩《とおのせんぱい》の目《め》が見開《みひら》かれた。

私《わたし》が遠野先輩《とおのせんぱい》の目《め》から感《かん》じ取《と》ったのは、「恐怖《きょうふ》」だった。

チバ先輩《せんぱい》たちが言《い》っていた。朝海先輩《あさみせんぱい》が倒《たお》れたとき、「遠野先輩《とおのせんぱい》のせいだ」というウワサが流《なが》れたって。そして、女子《じょし》の集団《しゅうだん》に責《せ》められたって。

前《まえ》に起《お》こった悪《わる》いことが、またくりかえされたらどうしよう——遠野先輩《とおのせんぱい》の中《なか》には、そういう恐怖《きょうふ》があるんじゃないかって思《おも》ったんだ。

このことに気《き》づいたのは、昔《むかし》の私《わたし》と同《おな》じだったからだ。

私《わたし》は小《ちい》さい頃《ころ》、未来《みらい》を変《か》えようとして——シュウを助《たす》けようとして、かわりに瀧島君《たきしまくん》に怪我《けが》をさせてしまった。

——もうあんな悲《かな》しい思《おも》い、したくない。

その気持《きも》ちが恐怖《きょうふ》になって、私《わたし》にこびりついてしまった。

だから、サキヨミを見《み》ても何《なに》もしなくなったんだ。そうすれば、同《おな》じ思《おも》いをしなくてすむから。

だけど、それは間違《まちが》ってた。私《わたし》の心《こころ》は、ずっと悲鳴《ひめい》を上《あ》げていたんだ。

それに気《き》づかせてくれたのは、瀧島君《たきしまくん》だった。私《わたし》は自分《じぶん》を守《まも》ろうとして、逆《ぎゃく》に自分《じぶん》を——自分《じぶん》の本当《ほんとう》の気持《きも》ちを、ないがしろにしていた。

私《わたし》の中《なか》にある本当《ほんとう》の気持《きも》ちは、気《き》づいてもらえなくて、ずっとずっと苦《くる》しんでいたんだ。

恐怖《きょうふ》の後《うし》ろに隠《かく》れてずっと見《み》えなくなっていた、「未来《みらい》を変《か》えたい」という気持《きも》ち。

その透明《とうめい》な気持《きも》ちに色《いろ》をつけてくれたのは、瀧島君《たきしまくん》だ。

私《わたし》も同《おな》じように、遠野先輩《とおのせんぱい》の気持《き》ちに色《いろ》をつけたい。遠野先輩《とおのせんぱい》に、見《み》つめてほしい。

「瀧島君《たきしまくん》の仕事《しごと》を取《と》り上《あ》げたのは、彼《かれ》の仕事《しごと》を減《へ》らすため。意見《いけん》を聞《き》こうとしなかったのは、瀧《たき》島君《しまくん》の仕事《しごと》が増《ふ》えることを心配《しんぱい》したからなんじゃないですか。仕事《しごと》をかかえすぎた瀧島君《たきしまくん》が、倒《たお》れたりしないようにって」

遠野先輩《とおのせんぱい》は、静《しず》かに目《め》を伏《ふ》せた。そうして、ふっと笑《わら》った。

「ああ——そうだね。そのとおりだ」

初《はじ》めて見《み》る笑顔《えがお》におどろき、すぐに反応《はんのう》できなかった。瀧島君《たきしまくん》が、はっと息《いき》をのむ。

「瀧島《たきしま》に、仕事《しごと》をさせたくなかった。冷《つめ》たい態度《たいど》を取《と》ったのは、瀧島《たきしま》が委員会《いいんかい》に来《こ》なくなればいいと思《おも》ったからだ」

「そんな……」

瀧島君《たきしまくん》が、ふらりと一歩《いっぽ》ベッドに近《ちか》づいた。

「……僕《ぼく》は、ムリをして倒《たお》れたりしませんよ。朝海先輩《あさみせんぱい》みたいに、アニメの一気見《いっきみ》もしません」

「瀧島《たきしま》が学校《がっこう》の外《そと》でどう過《す》ごしているかなんて、知《し》らないから。とにかく私《わたし》はなんとしてでも、瀧島《たきしま》に倒《たお》れられるわけにはいかなかった」

遠野先輩《とおのせんぱい》は、視線《しせん》を遠《とお》くに向《む》けた。

「――朝海《あさみ》は、昔《むかし》からおせっかいでね。生徒会時代《せいとかいじだい》も、忙《いそが》しいだろうからって私《わたし》の仕事《しごと》を勝手《かって》に持《も》っていって……あいつは一部《いちぶ》の女子《じょし》に人気《にんき》があるから、ウワサが流《なが》れたときは、けっこう長《なが》いことネチネチと陰口《かげぐち》をたたかれた。面《めん》と向《む》かって責《せ》められたときは反論《はんろん》できたけど、陰口《かげぐち》となるとそうもいかない」

後期《こうき》から中央委員長《ちゅうおういいんちょう》に就任《しゅうにん》した遠野先輩《とおのせんぱい》は、瀧島君《たきしまくん》の仕事《しごと》ぶりにおどろいたそうだ。指示《しじ》する前《まえ》に、すべてが終《お》わっている。前期《ぜんき》も同《おな》じ中央委員《ちゅうおういいん》を務《つと》めていたから、自分《じぶん》よりも仕事《しごと》の段取《だんど》りに詳《くわ》しい。

「涼《すず》しい顔《かお》で大量《たいりょう》の仕事《しごと》をこなす姿《すがた》を見《み》ていたら、怖《こわ》くなった。また朝海《あさみ》のときみたいになるんじゃないかって。瀧島《たきしま》は二年《ねん》の間《あいだ》でも人気《にんき》があるし、朝海《あさみ》のときよりもっとひどくなるかもって思《おも》った。だから……ジャマになったんだ、瀧島《たきしま》のことが」

布団《ふとん》をつかむ手《て》に、きゅっと力《ちから》が入《はい》ったようだった。布団《ふとん》のシワが、深《ふか》くなる。

「委員会《いいんかい》に瀧島《たきしま》がいるだけで、イライラするようになった。来《こ》なければいいのにと思《おも》うようになった。だから嫌《きら》われようと思《おも》った。それがエスカレートして、いつの間《ま》にか私《わたし》は、当初《とうしょ》の気持《きも》ちが見《み》えなくなっていた。瀧島《たきしま》に仕事《しごと》をさせないことではなく、瀧島《たきしま》に嫌《きら》われることが目的《もくてき》になってしまっていた」

遠野先輩《とおのせんぱい》の顔《かお》が、瀧島君《たきしまくん》に向《む》けられた。その目《め》が、後悔《こうかい》に満《み》ちているのがわかった。

「私《わたし》の弱《よわ》い心《こころ》のせいで、瀧島《たきしま》を傷《きず》つけてしまった。これまでの態度《たいど》のこと、謝《あやま》る。本当《ほんとう》に、申《もう》し訳《わけ》なかった」

布団《ふとん》に両手《りょうて》をつき、遠野先輩《とおのせんぱい》が頭《あたま》を下《さ》げる。

「……悲《かな》しかったですよ」

少《すこ》しの沈黙《ちんもく》の後《あと》、瀧島君《たきしまくん》は言《い》った。

「僕《ぼく》は、自分《じぶん》がいたらないせいだと思《おも》ったんです。自分《じぶん》の仕事《しごと》のしかたが悪《わる》いのかもしれない、遠野先輩《とおのせんぱい》の求《もと》めるレベルに達《たっ》していないのかもしれないと、すごく、なやみました」

「違《ちが》う。瀧島《たきしま》は、何《なに》も悪《わる》くない」

首《くび》をふった遠野先輩《とおのせんぱい》に、瀧島君《たきしまくん》はにこりとほほえんだ。

「ほっとしました。遠野先輩《とおのせんぱい》の気持《きも》ちを知《し》ることができて、よかった」

それを聞《き》いて、はっとわれに返《かえ》る。

「――ごめんなさい！　ずかずかと心《こころ》に踏《ふ》みこんで、遠野先輩《とおのせんぱい》の気持《きも》ちをムリやり暴《あば》くようなことを……」

「いいよ。私《わたし》は、知《し》れてよかった。おかげで、瀧島《たきしま》に謝《あやま》ることができたから」

そう言《い》うと、遠野先輩《とおのせんぱい》は私《わたし》を見《み》てふわりとほほえんだ。

「あなた、なんだかミミふわみたいね」

（……えっ）

とつぜんの言葉《ことば》に、ぴきっと固《かた》まる。

まさか、正体《しょうたい》がバレてる⁉

「あなたの言葉《ことば》は、ミミふわの占《うらな》いみたいだった。強《つよ》く、心《こころ》にひびいてきた。私《わたし》は元々雪《もともとゆき》うさが好《す》きだったんだけど、ミミふわが出《で》てきてから、ずっと彼女《かのじょ》を見《み》てきた。いつか自分《じぶん》も占《うらな》ってもらいたいと思《おも》っていたけど、それが叶《かな》ったような気《き》がする」

遠野先輩《とおのせんぱい》は、改《あらた》めて私《わたし》の顔《かお》をじっと見《み》つめた。

「きっとミミふわは、あなたみたいな人《ひと》なんだと思《おも》う」

「いや、そんな、まさか！」

動揺《どうよう》をごまかすように笑《わら》いながら、あわてて両手《りょうて》をふる。

遠野《とおの》先輩《せんぱい》、雪《ゆき》うさチャンネルの視聴者《しちょうしゃ》だったんだ。

いきなり「ミミふわ」って言《い》われてびっくりしたけど……なんだか、うれしい。

「ミミふわといえば」

瀧島君《たきしまくん》が、ちらりと私《わたし》を見《み》てから言《い》った。

「昨日《きのう》、ひさしぶりに動画《どうが》を投稿《とうこう》していましたね。先輩《せんぱい》は見《み》ましたか？」

「ああ、見《み》た。瀧島《たきしま》も？」

「もちろんですよ。**とてもいい動画《どうが》でしたね。**

ね、如月《きさらぎ》さん」

瀧島君《たきしまくん》が、笑顔《えがお》で私《わたし》を見《み》た。

「う、うん。そう……だね」

必死《ひっし》で答《こた》えながら、かあっと顔《かお》が熱《あつ》くなってくるのを感《かん》じる。

ていうか、昨日《きのう》の動画《どうが》、ちゃんと届《とど》いてたんだ……！

すると、遠野先輩《とおのせんぱい》がふふっと笑《え》みをこぼした。

「昨日《きのう》の占《うらな》い――『仕事《しごと》が大変《たいへん》で疲《つか》れているあなた』っていうの、もしかしたら自分《じぶん》のことかもしれないって思《おも》ってしまったんだ。当《あ》たってたしね」

あ、と声《こえ》が出《で》そうになる。そうです、とは言《い》えない。

遠野先輩《とおのせんぱい》は、首《くび》をふってから笑《わら》いまじりに続《つづ》けた。

「でも、そんなわけないか。ミミふわの視聴者《しちょうしゃ》は、大勢《おおぜい》いる。その中《なか》のひとりでしかない私《わたし》のためだけに、わざわざ動画《どうが》を投稿《とうこう》したりするはずがない」

その少《すこ》しさびしげな表情《ひょうじょう》に、気持《きも》ちが突《つ》き動《うご》かされた。考《かんが》えるよりも先《さき》に、口《くち》が動《うご》く。

「そんなこと、ないです！」

遠野先輩《とおのせんぱい》と瀧島君《たきしまくん》が、同時《どうじ》に私《わたし》に顔《かお》を向《む》けた。

「たしかにミミふわの占《うらな》いは、だれに向《む》けたものなのかわかりにくいかもしれないけど……『私《わたし》のことかも』って思《おも》ったんだったら、それは遠野先輩《とおのせんぱい》に向《む》けた占《うらな》いだったんだと思《おも》います。きっと、そうです」

瀧島君《たきしまくん》が、優《やさ》しくほほえむのがわかった。遠野先輩《とおのせんぱい》は、少《すこ》し考《かんが》えるようにしてからうなずく。

「なるほど。なんだか、ミミふわが言《い》いそうなことだね」

再《ふた》び、ぎくりとする。けれど、先輩《せんぱい》は瀧島君《たきしまくん》のほうへと視線《しせん》を移《うつ》した。

「瀧島《たきしま》は、ミミふわのファンなの？　動画《どうが》、前《まえ》から見《み》てるみたいな言《い》い方《かた》だったけど」

「ファンというか、好《す》きですよ」

そう言《い》って、瀧島君《たきしまくん》は私《わたし》を見《み》た。

そのまっすぐなまなざしと、何《なに》より「好《す》き」という言葉《ことば》にドキッとする。

「でもそれだけじゃなく、大事《だいじ》な存在《そんざい》なんです」

思《おも》わず、瀧島君《たきしまくん》を見《み》つめ返《かえ》す。

大事《だいじ》な存在《そんざい》、という部分《ぶぶん》を、瀧島君《たきしまくん》はやけにゆっくりと発音《はつおん》した。

昨日《きのう》のミミふわの占《うらな》いのことを思《おも》い出《だ》す。

予定外《よていがい》に追加《ついか》した、「大事《だいじ》な人《ひと》」のくだり。

今《いま》の言葉《ことば》は、それとはたぶん、関係《かんけい》ないだろうけど。
瀧島君《たきしまくん》はあの占《うらな》いを、どう感《かん》じたんだろう……？

17 普《ふ》通《つう》の二人《ふたり》

もう少《すこ》し休《やす》むと言《い》う遠野先輩《とおのせんぱい》を残《のこ》して、私《わたし》と瀧島君《たきしまくん》は保健室《ほけんしつ》を出《で》た。

「体育館《たいいくかん》、行《い》こうか」

「うん」

瀧島君《たきしまくん》の言葉《ことば》にうなずく。

保健室《ほけんしつ》に入《はい》る前《まえ》よりも、心《こころ》がずっとすっきりしているのがわかった。瀧島君《たきしまくん》に対《たい》しても、変《へん》に意識《いしき》したりせずに、自然《しぜん》に反応《はんのう》できる。

「如月《きさらぎ》さんは、やっぱりすごいね。委員長《いいんちょう》の本当《ほんとう》の気持《きも》ちを、簡単《かんたん》に言《い》い当《あ》ててしまった」

「そんな、違《ちが》うよ。あれは、ただ……昔《むかし》の私《わたし》と同《おな》じだなって思《おも》ったから」

「――昔《むかし》の？」

瀧島君《たきしまくん》が、おどろいたように私《わたし》を見《み》た。

「そう。幼稚園《ようちえん》の頃《ころ》、ジャングルジムで瀧島君《たきしまくん》に怪我《けが》させちゃったでしょう。それから、サキヨミを見《み》ても何《なに》もしなくなった。そもそもサキヨミを見《み》たくなくて、うつむくようになったの」

「それは……また同《おな》じことが起《お》こるのが、『怖《こわ》かった』から……だね」

ゆっくりと言《い》う瀧島君《たきしまくん》に、「うん」とうなずく。

「でも、瀧島君《たきしまくん》が変《か》えてくれたんだ。怖《こわ》さのウラにあった気持《きも》ちに気《き》づかせてくれた。未来《みらい》を変《か》えるために必要《ひつよう》な、勇気《ゆうき》や知恵《ちえ》もくれた。**だから、今《いま》の遠野先輩《とおのせんぱい》とのことだって、元《もと》をたどれば瀧島君《たきしまくん》のおかげなんだよ**」

声《こえ》に気持《きも》ちをこめて、瀧島君《たきしまくん》を見返《みかえ》す。

すると、彼《かれ》はふわりと優《やさ》しい笑《え》みを浮《う》かべた。

「ありがとう。でも、昨日《きのう》のミミふわの占《うらな》いも、今《いま》の保健室《ほけんしつ》での如月《きさらぎ》さんの言葉《ことば》も、ぜんぶ如月《きさらぎ》さんの心《こころ》から出《で》てきたものだ。**如月《きさらぎ》さんは、もう衣装《いしょう》を着《き》なくても、ミミふわそのものなんだよ**」

「ミミふわ、そのもの？」

「ああ。遠野先輩《とおのせんぱい》と僕《ぼく》の未来《みらい》を、変《か》えてくれただろう。如月《きさらぎ》さんが動《うご》かなければ、僕《ぼく》らの関係《かんけい》は悪《わる》いままだった。それを如月《きさらぎ》さんが、如月《きさらぎ》さん自身《じしん》の考《かんが》えと言葉《ことば》を使《つか》って変《か》えてくれたんだ」

（……そう、なのかな）

たしかに、遠野先輩《とおのせんぱい》も、私《わたし》をミミふわみたいだって言《い》ってくれたよね。衣装《いしょう》を着《き》なくても、「占《うらな》い」っていう形《かたち》をとらなくても。瀧島君《たきしまくん》に頼《たよ》らなくても。サキヨミが見《み》えなくなっても。私《わたし》は、未来《みらい》を変《か》えていくことができるの……？

「如月《きさらぎ》さん」

瀧島君《たきしまくん》が、とつぜん立《た》ち止《ど》まる。私《わたし》も足《あし》を止《と》め、彼《かれ》の顔《かお》を見上《みあ》げた。

「あのことについて考《かんが》えてもらう前《まえ》に、今僕《いまぼく》が言《い》えることを話《はな》しておきたいと思《おも》うんだけど、聞《き》いてくれる？」

「えっ……うん」

あのこと、という言葉《ことば》で、とたんに全身《ぜんしん》が緊張《きんちょう》した。

サキヨミの力《ちから》を手放《てばな》すかどうか。

遠野先輩《とおのせんぱい》の気持《きも》ちがわかった今《いま》も、いまだに私《わたし》は、迷《まよ》ったままだ。

「僕《ぼく》は、如月《きさらぎ》さんといっしょに自由《じゆう》になりたいんだ」

「自由《じゆう》？」

「そう。サキヨミの力《ちから》を失《うしな》って、未来《みらい》のことなんて何《なに》もわからない、普通《ふつう》の二人《ふたり》の中学生《ちゅうがくせい》として過《す》ごしていきたい。幼《おさな》なじみで、部活《ぶかつ》が同《おな》じで、いっしょにいると楽《たの》しくて、安心《あんしん》して。サキヨミ会議《かいぎ》のためなんかじゃなく、ただいっしょにいたいからという理由《りゆう》で、いっしょに帰《かえ》る。そんな二人《ふたり》になりたいんだ」

私《わたし》を見《み》つめる瀧島君《たきしまくん》のまつげは、少《すこ》し震《ふる》えていた。

(普通《ふつう》の、二人《ふたり》の中学生《ちゅうがくせい》……)

その言葉《ことば》を、何度《なんど》か頭《あたま》の中《なか》でくりかえす。

うれしいと感《かん》じたはずなのに、その気持《きも》ちがだんだんと不安《ふあん》へと変《か》わっていくのがわかった。

——そう、か。

やっぱり瀧島君《たきしまくん》と私《わたし》の関係《かんけい》は、「普通《ふつう》」じゃなかったんだ。

理由《りゆう》は、二人《ふたり》ともサキヨミの力《ちから》を持《も》っているから。

普通《ふつう》じゃない私《わたし》たちが、普通《ふつう》になった後《あと》でも。

今《いま》までと同《おな》じように、いっしょにいられるのかな。

やっぱり、力《ちから》を失《うしな》った後《あと》のことが、うまく想像《そうぞう》できない。——**すごく、怖《こわ》い。**

「……瀧島君《たきしまくん》は、考《かんが》えたことがあるの？　力《ちから》を失《うしな》った後《あと》のこと」

「あるよ。何度《なんど》も」

「サキヨミが見《み》えなくなった後《あと》、もし周《まわ》りの人《ひと》に何《なに》か悪《わる》いことが起《お》きてしまったら？　それを自《じ》分《ぶん》のせいだって思《おも》わずにいられると思《おも》う？」

「どうだろう。最初《さいしょ》は、むずかしいかもしれないね」

静《しず》かにほほえむと、瀧島君《たきしまくん》は私《わたし》を見《み》た。

「だけど、だれかの不幸《ふこう》を僕《ぼく》たちがすべて背負《せお》う必要《ひつよう》はないはずだ。今《いま》までは、たまたま未来《みらい》が見《み》えていたから、行動《こうどう》することができた。でも、見《み》えなければ——知《し》らなければ、動《うご》きようがない。普段《ふだん》から想像力《そうぞうりょく》を働《はたら》かせて、備《そな》えをして。できるだけ周《まわ》りに気《き》をつけることくらいしか、できることはなくなる」

「それじゃあ……！」

「だけど、それが生《い》きていくってことなんだよ。それが、普通《ふつう》の人《ひと》の生《い》き方《かた》なんだよ」

瀧島君《たきしまくん》が、語気《ごき》を強《つよ》めた。

「どれだけ願《ねが》っても、そのとおりになるとは限《かぎ》らない。『こんなはずじゃなかった』って思《おも》うことは、この先《さき》きっと、何百回《なんびゃっかい》とあるだろう」

「それが、怖《こわ》いんだよ。何《なに》か起《お》きたときに、何《なに》もできなかったって後悔《こうかい》することになるんじゃないかって。**瀧島君《たきしまくん》は、怖《こわ》くないの？**」

「怖《こわ》いよ」

即座《そくざ》に返《かえ》ってきた答《こた》えに、えっとおどろく。瀧島君《たきしまくん》は真剣《しんけん》な面持《おもも》ちで続《つづ》けた。

「だけど、力《ちから》を失《うしな》って未来《みらい》が見《み》えなくなったとしても、僕《ぼく》たちが何《なに》もできなくなるわけじゃない。力《ちから》がなくても、今《いま》のこの心《こころ》を持《も》ち続《つづ》けることができる。気持《きも》ちを大事《だいじ》にして行動《こうどう》していくことは、これまでと変《か》わらずできるはずだ」

「だけど……それで、助《たす》けられなかったら？　サキヨミが見《み》えていれば助《たす》けられたのに、って、苦《くる》しむことにならない？」

「如月《きさらぎ》さんが、周《まわ》りの人《ひと》を助《たす》けたいという気持《きも》ちはよくわかる。如月《きさらぎ》さんは優《やさ》しいから、助《たす》けられなくなる人《ひと》が出《で》てくることに苦《くる》しむだろう。でも、前《まえ》に咲田先輩《さきたせんぱい》が言《い》っていたように、この世《せ》界《かい》に生《い》きるすべての人《ひと》を助《たす》けることなんてできない。サキヨミの力《ちから》は、万能《ばんのう》じゃないんだ」

「万能《ばんのう》じゃなくても、確実《かくじつ》に役《やく》には立《た》つよ。今《いま》までずっと、そうだったよね？　送《おく》る会《かい》が無事《ぶじ》に終《お》わったのだって……」

はっと、そこで口《くち》をつぐむ。瀧島君《たきしまくん》は、きまり悪《わる》げに目《め》をそらした。

「そうだね。如月《きさらぎ》さんがサキヨミを見《み》なければ、僕《ぼく》は送《おく》る会《かい》を台無《だいな》しにしていただろう」

でも、と私《わたし》の目《め》を見《み》て続《つづ》ける。

「そうなっても、よかったんじゃないかって今《いま》は思《おも》う」

「……えっ⁉」

まさかの言葉《ことば》に、一瞬息《いっしゅんいき》が止《と》まった。

「どっ、どうして⁉　だってそれじゃあ、だれかがステージから……！」

「思《おも》ったんだ。落《お》ちたのは、僕《ぼく》だったんじゃないかって」

「え……？」

「最短《さいたん》で反対側《はんたいがわ》の舞台袖《ぶたいそで》に行《い》くためには、人《ひと》のいないところを通《とお》るのが一番《いちばん》だ。ステージに飛《と》び出《だ》していたなら、僕《ぼく》はきっとステージの前側《まえがわ》の端《はし》ぎりぎりを走《はし》ったと思《おも》う。だからきっと、落《お》ちたのは僕《ぼく》だ」

（そんな……！）

おどろいて、ぼう然《ぜん》とする。けれど、すぐに気《き》づいた。

「待《ま》って、おかしいよ。最初《さいしょ》に見《み》たサキヨミでは、瀧島君《たきしまくん》は責《せ》められていたけど、怪我《けが》をしているようには見《み》えなかったよ」

「その時点《じてん》では、落《お》ちるのは僕《ぼく》じゃなくて別《べつ》の人《ひと》だったのかもしれない。あるいは、照明《しょうめい》は消《き》えたけど、事故《じこ》は起《お》こらなかったのかも。如月《きさらぎ》さんにサキヨミのことを聞《き》いた後《あと》、気《き》を張《は》っていたせいか、あまり食欲《しょくよく》がわかなくてね。今朝《けさ》も少《すこ》し、くらっとしちゃって。それで、僕《ぼく》が落《お》ちるという未来《みらい》に変《か》わったんだと思《おも》う」

瀧島君《たきしまくん》は、改《あらた》めて私《わたし》をじっと見《み》つめた。

「ミミふわのシルエットを見《み》て照明《しょうめい》を消《け》したのも、その後《ご》ステージに飛《と》び出《だ》そうとしたのも、僕《ぼく》が心《こころ》の底《そこ》からそうしたいと思《おも》ったからだ。自分《じぶん》の気持《きも》ちにしたがったからだ。あのときの僕《ぼく》にとって、その行動《こうどう》は間違《まちが》いでもなんでもなかった」

私《わたし》を見《み》る瞳《ひとみ》に、力《ちから》が入《はい》る。

「結果的《けっかてき》に送《おく》る会《かい》を台無《だいな》しにしてしまったとしても、僕《ぼく》が怪我《けが》をしていたとしても。**僕《ぼく》にとって大事《だいじ》なのは、送《おく》る会《かい》の成功《せいこう》じゃない。如月《きさらぎ》さんの身《み》の安全《あんぜん》。ただ、それだけなんだよ**」

そう言《い》ってほほえむと、瀧島君《たきしまくん》は静《しず》かに歩《ある》き出《だ》した。

かと思《おも》うと、固《かた》まっている私《わたし》をふりかえる。

「**たとえ如月《きさらぎ》さんが力《ちから》を失《うしな》っても、如月《きさらぎ》さんが僕《ぼく》の『大事《だいじ》な人《ひと》』であることに変《か》わりはないから**」

とつぜんの言葉《ことば》に、胸《むね》を突《つ》かれた。「大事《だいじ》な人《ひと》」って、それ、それ——……

「それと、もうひとつ」

瀧島君《たきしまくん》は、冷静《れいせい》な調子《ちょうし》で続《つづ》ける。

「昨日《きのう》のミミふわの、最後《さいご》の占《うらな》い。あれは、僕《ぼく》に向《む》けられたものだと思《おも》ってる。僕《ぼく》はこれから、後悔《こうかい》しないように動《うご》いていくつもりだ」

私《わたし》に伝《つた》えると同時《どうじ》に、自分《じぶん》に言《い》い聞《き》かせてもいるような、力強《ちからづよ》い口調《くちょう》だった。

瀧島君《たきしまくん》はそのまま廊下《ろうか》をぬけ、体育館《たいいくかん》通路《つうろ》を進《すす》んでいく。少《すこ》し進《すす》んで立《た》ち止《ど》まると、ふりむいて私《わたし》ににっこりとほほえみかけた。

「如月《きさらぎ》さん。いっしょに行《い》こう」

答《こた》えるよりも前《まえ》に、足《あし》が勝手《かって》に前《まえ》へと動《うご》き出《だ》す。

「――うん」

瀧島君《たきしまくん》に歩《あゆ》みよる私《わたし》の頭《あたま》の中《なか》では、彼《かれ》に言《い》われた言葉《ことば》が、何度《なんど》もくりかえし再生《さいせい》されていた。

18 リコレクション

「わかった！　花火《はなび》だ！」

「深谷先輩《ふかやせんぱい》、正解《せいかい》です！」

マーカーを持《も》った瀧島君《たきしまくん》が言《い》う。すると、レイラ先輩《せんぱい》がくやしそうに天《てん》を仰《あお》いだ。

「あー！　今《いま》、言《い》おうとしたところだったのに！」

その様子《ようす》に、私《わたし》たち美術部《びじゅつぶ》メンバーは声《こえ》を出《だ》して笑《わら》い合《あ》った。

三年生《ねんせい》を送《おく》る会《かい》から数日経《すうじつた》った、ある日《ひ》の放課後《ほうかご》。

私《わたし》たちは、レイラ先輩《せんぱい》と深谷先輩《ふかやせんぱい》を美術室《びじゅつしつ》に招《まね》いて、「美術部《びじゅつぶ》だけの送《おく》る会《かい》」を開《ひら》いていた。

チバ先輩《せんぱい》と叶井先輩《かないせんぱい》が考《かんが》えて、準備《じゅんび》してくれたんだ。

送《おく》る会《かい》でステージを見《み》ているうちに、どうしても「思《おも》い出《で》の写真《しゃしん》クイズ」をやりたいと思《おも》ったんだって。

その気持《きも》ちは、私《わたし》たち一年生《ねんせい》も同《おな》じだった。

これまでに撮《と》ってきた美術部《びじゅつぶ》の思《おも》い出《で》の写真《しゃしん》の中《なか》から、お題《だい》の写真《しゃしん》を何枚《なんまい》か決《き》める。

それを、私《わたし》たち美術部《びじゅつぶ》メンバーが、順番《じゅんばん》にホワイトボードに描《か》いていくんだ。

レイラ先輩《せんぱい》と深谷先輩《ふかやせんぱい》には解答者《かいとうしゃ》になってもらって、それが何《なん》の場面《ばめん》だか当《あ》ててもらうというわけ。

今《いま》のお題《だい》は、合宿《がっしゅく》のときに撮《と》った花火《はなび》の写真《しゃしん》。

チバ先輩《せんぱい》と叶井先輩《かないせんぱい》が花火《はなび》を持《も》ってふざけたポーズをしている、楽《たの》しい写真《しゃしん》だ。

最初《さいしょ》から花火《はなび》を描《か》かないようにするのはもちろん、服装《ふくそう》や髪型《かみがた》も細《こま》かく描《か》かないようにすると、棒人間《ぼうにんげん》が踊《おど》っているようにしか見《み》えない。

少《すこ》しずつ細《こま》かい部分《ぶぶん》を描《か》いていって、深谷先輩《ふかやせんぱい》が正解《せいかい》にたどりつくまで、たっぷり五分以上《ふんいじょう》はかかってしまった。

「これ撮《と》ったのって、ユミりん？　こんな写真《しゃしん》、初《はじ》めて見《み》たよー」

「でもレイラ先輩《せんぱい》、このとき私《わたし》の近《ちか》くにいて、二人《ふたり》を見《み》て笑《わら》ってましたよ？」

「あれ、そうだっけ？」

「さあ、次《つぎ》いきますよ！　次《つぎ》の写真《しゃしん》は、深谷先輩《ふかやせんぱい》も現場《げんば》にいた場面《ばめん》です！」

叶井先輩《かないせんぱい》が、はりきってホワイトボードの前《まえ》に立《た》った。

次《つぎ》のお題《だい》は、深谷先輩《ふかやせんぱい》も参加《さんか》した、叶井先輩《かないせんぱい》とチバ先輩《せんぱい》の合同誕生日《ごうどうたんじょうび》パーティの写真《しゃしん》。

レイラ先輩《せんぱい》のおうちの広《ひろ》いお庭《にわ》で、ビンゴゲームをしている場面《ばめん》だ。

これは、私《わたし》が飾《かざ》りつけの風船《ふうせん》を描《か》きこんだとたん、レイラ先輩《せんぱい》に答《こた》えられてしまった。

「このときふかやん、ジュースこぼしちゃって大変《たいへん》だったよね」

「瀬戸《せと》が後《うし》ろで、いきなり大声《おおごえ》出《だ》したからだろう」

その後《ご》も、お題写真《だいしゃしん》が出《で》るたびに、私《わたし》たちは口々《くちぐち》に思《おも》い出《で》を語《かた》って楽《たの》しんだ。

瀧島君《たきしまくん》がアイディアを出《だ》してくれた「思《おも》い出《で》の写真《しゃしん》クイズ」は、大成功《だいせいこう》に終《お》わったんだ。

「じゃ、最後《さいご》にスライド流《なが》しますよ」

チバ先輩《せんぱい》が、黒板前《こくばんまえ》の天井《てんじょう》に巻《ま》き上《あ》げられているスクリーンを引《ひ》っぱり出《だ》した。

「スライドって、チバ、おまえほんとに作《つく》ったのか」

「えっ、何《なに》？　どういうこと？」

叶井先輩《かないせんぱい》の言葉《ことば》に、夕実《ゆみ》ちゃんがきょとんとする。

「お題《だい》を選《えら》ぶために写真《しゃしん》を見《み》ているうちに、作《つく》りたくなったんだよ。はじめは冗談《じょうだん》のつもりだったんだけどな。ためしに作《つく》り始《はじ》めたら、おもしろくて止《と》まらなくなった」

教室《きょうしつ》の灯《あか》りを消《け》し、カーテンを閉《し》める。

プロジェクターにつながれたスマホをチバ先輩《せんぱい》が操作《そうさ》すると、スクリーンに動画《どうが》が映《うつ》し出《だ》された。

美《うつく》しいピアノの曲《きょく》とともに、なつかしい場面《ばめん》が次《つぎ》から次《つぎ》へと現《あらわ》れては消《き》えていった。

写真《しゃしん》の中《なか》には、知《し》っているものもあれば、初《はじ》めて見《み》るものもある。瀧島君《たきしまくん》のお父《とう》さんを説得《せっとく》するためのメッセージ動画《どうが》で使《つか》われたものも何枚《なんまい》かあった。

写真《しゃしん》が映《うつ》し出《だ》す場面《ばめん》は、どれも私《わたし》の中《なか》で大事《だいじ》な思《おも》い出《で》となっている。

それだけじゃない。瀧島君《たきしまくん》や、夕実《ゆみ》ちゃん、先輩《せんぱい》たち。みんなの中《なか》にも、同《おな》じ思《おも》い出《で》がしまわれているんだ。

同《おな》じ場所《ばしょ》で、同《おな》じ時間《じかん》を過《す》ごすということ。その尊《とうと》さが、とつぜん胸《むね》にせまってきた。

これって、当《あ》たり前《まえ》のように思《おも》えるけど、当《あ》たり前《まえ》じゃない。

ひとりでうつむいていては、絶対《ぜったい》に見《み》えなかった光景《こうけい》。

それがこんなにもたくさん存在《そんざい》することに、涙《なみだ》が出《で》そうになった。

「――ありがとう。すごく、すてきなスライドだった」

レイラ先輩《せんぱい》が、真《ま》っ赤《か》な顔《かお》で言《い》った。

「あたし……うれしいときもつらいときも、いつだってみんなのことを思《おも》い出《だ》すよ。みんなといつしょにいた時間《じかん》も、みんなと過《す》ごしたこの美《び》術室《じゅつしつ》も、この先《さき》ずっと、あたしの原点《げんてん》であり続《つづ》けると思《おも》う。**みんな、あたしといっしょにいてくれて、本当《ほんとう》にありがとう**」

そうして、こぼれた涙《なみだ》を指《ゆび》でぬぐう。

「瀬戸《せと》……」

ハンカチを差《さ》し出《だ》す深谷先輩《ふかやせんぱい》の声《こえ》も、うるんでいた。

美術部《びじゅつぶ》だけの送《おく》る会《かい》が終《お》わり、レイラ先輩《せんぱい》と深谷先輩《ふかやせんぱい》はいっしょに帰《かえ》っていった。

イスや机《つくえ》を元通《もとどお》りに並《なら》べなおしていると、チバ先輩《せんぱい》が「そうだ」と声《こえ》を上《あ》げた。

「今月末《こんげつまつ》の、川北公園《かわきたこうえん》での市民芸術祭《しみんげいじゅつさい》。何《なに》描《か》くか決《き》めたか？　そろそろ取《と》りかからないと、提出《ていしゅつ》締《し》め切《き》りに間《ま》に合《あ》わないぞ」

「うわっ！　いろいろあって、すっかり忘《わす》れてました」

「考《かんが》えてはいたが、結局何《けっきょくなに》も決《き》められなかったな……」

夕実《ゆみ》ちゃんと叶井先輩《かないせんぱい》が言《い》う横《よこ》で、私《わたし》も「そうだった」と思《おも》い出《だ》す。

市民芸術祭《しみんげいじゅつさい》は、春休《はるやす》みの間《あいだ》に川北公園《かわきたこうえん》で行《おこな》われるイベントだ。月夜見市民《つきよみしみん》の作《つく》った芸術作品《げいじゅつさくひん》の展示《てんじ》がメインだけど、ステージでの発表《はっぴょう》もある。

毎年《まいとし》たくさんの参加申《さんかもう》し込《こ》みがあるから抽選《ちゅうせん》になるんだけど、今年《ことし》は見事《みごと》に当《あ》たって、参加《さんか》できることになったんだ。

「提出締《ていしゅつし》め切《き》りまで、あと二週間《しゅうかん》くらいですか」

瀧島君《たきしまくん》が、壁《かべ》のカレンダーを見《み》て言《い》う。

「むずかしそうなら、過去作品《かこさくひん》を出《だ》すのもアリだぞ。オレは今日《きょう》から描《か》こうと思《おも》ってるが」

「大丈夫《だいじょうぶ》だと思《おも》いますよ。僕《ぼく》は、新《あたら》しい絵《え》を描《か》きます」

瀧島君《たきしまくん》の言葉《ことば》に、叶井先輩《かないせんぱい》もうなずく。

「まあ、そうだな。今《いま》から描《か》き始《はじ》めれば、じゅうぶん時間《じかん》はある」

「私《わたし》も描《か》きます！　美羽《みう》ちゃんはどう？」

夕実《ゆみ》ちゃんに言《い》われて、私《わたし》は「うん」とうなずいた。

「二週間《しゅうかん》あれば、描《か》けると思《おも》う」

「やった！　美羽《みう》ちゃんの新作《しんさく》、楽《たの》しみ！」

夕実《ゆみ》ちゃんの笑顔《えがお》につられて、私《わたし》もほほえんだ。

実《じつ》は、去年《きょねん》の秋《あき》くらいから、私《わたし》は瀧島君《たきしまくん》に教《おそ》わりながら、水彩画《すいさいが》を描《か》くようになっていた。

まだまだ瀧島君《たきしまくん》のようには描《か》けないけど、白《しろ》い水彩紙《すいさいし》にいろんな色《いろ》を乗《の》せていくのがとにかく楽《たの》しくて、休《やす》みの日《ひ》にも家《いえ》で描《か》くようになったんだ。

「よし、じゃあ全員新作《ぜんいんしんさく》で決《き》まりだな！」

「題材《だいざい》は自由《じゆう》なのか？」

「ああ、自由《じゆう》だ。けど、迷《まよ》うようなら、何《なに》かテーマを決《き》めるか？　一応今年《いちおうことし》の芸術祭《げいじゅつさい》のサブタイトルは『**リコレクション**』なんだが」

「リコレクション？」

初《はじ》めて聞《き》く言葉《ことば》に、首《くび》をかしげる。

「記憶《きおく》とか、思《おも》い出《で》って意味《いみ》だね」

瀧島君《たきしまくん》が言《い》うと、夕実《ゆみ》ちゃんが身《み》を乗《の》り出《だ》した。

「それ、いいね！　チバ先輩《せんぱい》、『**思《おも》い出《で》**』をテーマに描《か》くっていうのはどうですか？」

「なるほど、いいな！」

「たしかに。思《おも》い出《で》の場面《ばめん》、思《おも》い出《で》を象徴《しょうちょう》するアイテム、思《おも》い出《で》を表《あらわ》す色《いろ》……さまざまな表現《ひょうげん》ができそうだ」

叶井先輩《かないせんぱい》もうんうんとうなずく。

「それじゃあ、『思《おも》い出《で》』をテーマに描《か》くってことで決定《けってい》だな！」

そう言《い》うと、チバ先輩《せんぱい》は黒板《こくばん》の前《まえ》に立《た》った。腕《うで》を腰《こし》にあてて、私《わたし》たちを見回《みまわ》す。

「この芸術祭《げいじゅつさい》への参加《さんか》が、今年度最後《こんねんどさいご》の美術部《びじゅつぶ》の活動《かつどう》になる。一年《ねん》の集大成《しゅうたいせい》として、いいものを描《か》いてしめくくるぞ！」

「**おう！**」

「「**はい！**」」

少《すこ》し開《あ》けられた美術室《びじゅつしつ》の窓《まど》から、あたたかな風《かぜ》が入《はい》ってくる。

中学《ちゅうがく》に入《はい》ってから、二度目《どめ》の春《はる》がやってきたんだ。

瀧島君《たきしまくん》と再会《さいかい》してからの激動《げきどう》の一年間《ねんかん》が、もうすぐ終《お》わろうとしていた。

19 再会《さいかい》

部活《ぶかつ》が終《お》わると、私《わたし》と瀧島君《たきしまくん》はいっしょに美術室《びじゅっしつ》を出《で》た。

自然《しぜん》に横《よこ》にならんで、足並《あしな》みをそろえるようにゆっくりと歩《ある》く。

送《おく》る会《かい》の日《ひ》から、瀧島君《たきしまくん》に言《い》われた「大事《だいじ》な人《ひと》」っていう言葉《ことば》が、頭《あたま》の中《なか》をぐるぐると回《まわ》り続《つづ》けていた。


――たとえ如月《きさらぎ》さんが力《ちから》を失《うしな》っても、如月《きさらぎ》さんが僕《ぼく》の『大事《だいじ》な人《ひと》』であることに変《か》わりはないから。


それは、先月《せんげつ》チョコを渡《わた》したときに、瀧島君《たきしまくん》が私《わたし》に聞《き》いてきたことの逆《ぎゃく》バージョンだった。

あのときの私《わたし》は、瀧島君《たきしまくん》にきちんと答《こた》えることができなかった。

でも、今日《きょう》は、ちゃんと伝《つた》えたい。

私《わたし》も同《おな》じだよって。瀧島君《たきしまくん》は、ずっと私《わたし》の大事《だいじ》な人《ひと》でい続《つづ》けるよって。

「あのね、瀧島君《たきしまくん》。聞《き》いてほしいことがあるの」

私《わたし》の震《ふる》える声《こえ》に、瀧島君《たきしまくん》が足《あし》を止《と》めた。

「わかった。屋上《おくじょう》のほうへ行《い》こうか」

「うん」

階段《かいだん》を上《のぼ》り、屋上《おくじょう》のドアを背《せ》にして二人《ふたり》で座《すわ》る。

「私《わたし》ね。あのこと……**サキヨミの力《ちから》を失《うしな》うことについては、まだ答《こた》えを出《だ》せていないの。**この間《あいだ》瀧島君《たきしまくん》が言《い》ってくれた、普通《ふつう》の中学生《ちゅうがくせい》になりたいっていう言葉《ことば》。私《わたし》、うれしかったのに、やっぱり不安《ふあん》で……」

「うん。わかるよ」

「家《いえ》に帰《かえ》ってから、すごくいっぱい考《かんが》えたんだ。私《わたし》たちが、周《まわ》りの人《ひと》の不幸《ふこう》を引《ひ》き受《う》ける必要《ひつよう》なんかないってことも。だけどね。私《わたし》がマイナスの感情《かんじょう》を持《も》ち続《つづ》けていれば、だれかのマイナスの感情《かんじょう》を消《け》すことができるって思《おも》うと……やっぱり、そのほうがいいんじゃないかって思《おも》ったの」

「……そうか。だれかの未来《みらい》を変《か》えることで、その人《ひと》のマイナスの感情《かんじょう》が生《う》まれなくなる……ということか」

少《すこ》しおどろいたように言《い》う瀧島君《たきしまくん》に、「うん」とうなずく。

「私《わたし》、瀧島君《たきしまくん》が『マイナスの感情《かんじょう》』の話《はなし》をしてくれた次《つぎ》の日《ひ》から、またサキヨミが見《み》えるようになったの。夕実《ゆみ》ちゃんとか朝海先輩《あさみせんぱい》のサキヨミを見《み》て、ひとりで未来《みらい》を変《か》えてた。ミミふわにもなって、動画《どうが》も投稿《とうこう》した。**それで、わかったの。瀧島君《たきしまくん》がそばにいないと、さびしいって**」

瀧島君《たきしまくん》が、はっと息《いき》をのむのがわかった。なさけないことに、彼《かれ》の表情《ひょうじょう》を見《み》るのが怖《こわ》くて、視線《しせん》を床《ゆか》から上《あ》げることができない。

「――サキヨミの力《ちから》がなくなっても、瀧島君《たきしまくん》は瀧島君《たきしまくん》で、変《か》わらない。私《わたし》にとってはずっと、『大事《だいじ》な人《ひと》』で……『特別《とくべつ》な人《ひと》』、だよ」

（言《い》ってしまった……！）

ほおが熱《あつ》くなるのを感《かん》じて、思《おも》わずうつむいた。顔《かお》の左右《さゆう》に落《お》ちる髪《かみ》に隠《かく》れるようにして、瀧《たき》島君《しまくん》の反応《はんのう》を待《ま》つ。

けれど、瀧島君《たきしまくん》からは、なかなか言葉《ことば》が返《かえ》ってこなかった。

不安《ふあん》になってちらりと目《め》を上《あ》げると、瀧島君《たきしまくん》は顔《かお》を隠《かく》すようにむこうにそむけていた。夕日《ゆうひ》で照《て》らされた耳《みみ》が、ほんのりと赤《あか》く見《み》える。

急《きゅう》に、恥《は》ずかしさがおそってくる。沈黙《ちんもく》に耐《た》えきれなくなって、私《わたし》は口《くち》を開《ひら》いた。

「ごめん！　とつぜん、こんなこと言《い》って……」

「――ありがとう」

瀧島君《たきしまくん》が、ゆっくりとこちらに顔《かお》を向《む》けた。その瞳《ひとみ》が少《すこ》しうるんでいるように見《み》えて、ドキッとする。

「うれしくて、ありがたくて、ほっとして……言葉《ことば》じゃ言《い》いつくせないくらい、幸《しあわ》せな気分《きぶん》だ」

そう言《い》って、瀧島君《たきしまくん》はこぼれるような笑顔《えがお》になった。

「ありがとう、如月《きさらぎ》さん。変《か》わらないって言《い》ってくれて、本当《ほんとう》にうれしい」

瀧島君《たきしまくん》の言葉《ことば》が、あたたかく胸《むね》を満《み》たしていく。

思《おも》わず涙《なみだ》が出《で》そうになり、私《わたし》はあわてて答《こた》えた。

「ううん。混乱《こんらん》しちゃって、すぐに返事《へんじ》できなくてごめんね。それで、あの……よかったら、また、いっしょに……帰《かえ》りたいな」

不安《ふあん》のせいか、声《こえ》がどんどん小《ちい》さくなる。すると、

「それ、僕《ぼく》から言《い》おうと思《おも》ってたんだけどな」

先《さき》を越《こ》されちゃったな、と瀧島君《たきしまくん》が頭《あたま》をかく。

「如月《きさらぎ》さんと二人《ふたり》でいる時間《じかん》がどれだけ大事《だいじ》なものだったのか、よくわかったよ。いつの間《ま》にか

当《あ》たり前《まえ》になってたけど、やっぱり当《あ》たり前《まえ》じゃなかったんだ」

「ごめんね。私《わたし》、混乱《こんらん》して、不安《ふあん》になって……ひとりで考《かんが》えなきゃって思《おも》ったけど、結局《けっきょく》、答《こた》えを出《だ》すこと、できなかった。**私《わたし》、やっぱり……瀧島君《たきしまくん》がいないと、ダメみたい**」

「**僕《ぼく》もだよ。如月《きさらぎ》さんが必要《ひつよう》だ**」

心臓《しんぞう》が、バクバクと激《はげ》しい音《おと》を立《た》てている。

そのとき、右《みぎ》の二《に》の腕《うで》が、瀧島君《たきしまくん》の腕《うで》にぶつかった。

おどろいてびくっとしたけれど、なぜだか引《ひ》っこめる気《き》になれない。瀧島君《たきしまくん》も、動《うご》こうとしなかった。腕《うで》をくっつけたままの状態《じょうたい》で、私《わたし》たちはしばらくの間《あいだ》、じっとだまっていた。

「如月《きさらぎ》さんは……今《いま》もまだ、サキヨミを見《み》るの？」

やわらかい声《こえ》で、瀧島君《たきしまくん》がたずねる。

「うん。今日《きょう》も見《み》たよ。アカネちゃんが、お気《き》に入《い》りのハンドタオルをトイレに置《お》き忘《わす》れてなくしちゃうっていうサキヨミ。いっしょにトイレに行《い》って、阻止《そし》したよ」

「そうか」

「瀧島君《たきしまくん》は、どうなの？　やっぱり、もう何《なに》も見《み》ない？」

すると、瀧島君《たきしまくん》はそこで一呼吸《ひとこきゅう》の間《ま》を置《お》いた。

「実《じつ》は、僕《ぼく》もまた、サキヨミを見《み》るようになったんだ」

「えっ!?」

「といっても、如月《きさらぎ》さんと同《おな》じように、あまり危険度《きけんど》の高《たか》くないものだけだけど。僕《ぼく》のほうも、すべてひとりで阻止《そし》したよ」

「それじゃあ……瀧島君《たきしまくん》も、私《わたし》と同《おな》じことしてたってこと？」

少《すこ》し得意《とくい》げな表情《ひょうじょう》で言《い》う瀧島君《たきしまくん》を、私《わたし》はおどろいて見《み》つめた。

「そうだね。同《おな》じ時期《じき》に、それぞれで未来《みらい》を変《か》えていたんだ。やっぱり、如月《きさらぎ》さんとは何《なに》か運命《うんめい》的《てき》なものを感《かん》じるな」

そう言《い》ってほほえんだ瀧島君《たきしまくん》に、ドキッと胸《むね》が鳴《な》る。

——あれ。待《ま》って。

「ってことは……瀧島君《たきしまくん》には、まだ『マイナスの感情《かんじょう》』があるっていうこと？」

「そう、だね。そうなるね」

瀧島君《たきしまくん》の表情《ひょうじょう》が、すっと引《ひ》きしまる。

(つまり、私《わたし》も……だよね)

私《わたし》の中《なか》にもまだ、「マイナスの感情《かんじょう》」がある。

でも、それが何《なん》なのか、やっぱりわからないままだ。

「瀧島君《たきしまくん》は、わかってるんだよね。自分《じぶん》の『マイナスの感情《かんじょう》』が何《なん》なのかってこと」

「……ああ」

「でも、私《わたし》はわからないの」

少《すこ》しだけ、体《からだ》を前《まえ》に倒《たお》す。自然《しぜん》と、くっついていた腕《うで》が離《はな》れた。

「サキヨミの力《ちから》のこととか、これからのこととか、わからないことが多《おお》くて不安《ふあん》には思《おも》ってる。でもそれは、だれでも同《おな》じかもって思《おも》ったの。だれだって、いろんなことで迷《まよ》ったり、なやんだりするでしょ？」

「そうだね。それじゃあ、その不安《ふあん》を、もう少《すこ》し分解《ぶんかい》してみるといいかもしれない」

「分解《ぶんかい》？」

「ぼんやりしている不安《ふあん》を、もっと具体的《ぐたいてき》な形《かたち》にしていくんだ。でも如月《きさらぎ》さんはもう、それができているはずなんだけどね」

「え？」

「この間《あいだ》、保健室《ほけんしつ》を出《で》た後《あと》に二人《ふたり》で話《はな》しただろう。そのとき、自分《じぶん》の言葉《ことば》で語《かた》っていたよ。よく思《おも》い出《だ》してみて」

(あのとき、私《わたし》が……？)

ええと……私《わたし》、何《なに》を言《い》ったっけ？

普通《ふつう》の二人《ふたり》になりたいって言《い》われて。それで、サキヨミの力《ちから》を失《うしな》ったらどうなるかっていう話《はなし》をしたんだよね。それで、ええっと——……

——怖《こわ》いんだよ。

とつぜん頭《あたま》の中《なか》で、声《こえ》がひびいた。

——怖《こわ》いんだよ。何《なに》か起《お》きたときに、何《なに》もできなかったって後悔《こうかい》することになるんじゃないかって。

はっとした。それは、記憶《きおく》の中《なか》から飛《と》び出《だ》してきた自分《じぶん》の声《こえ》だった。

(そうだ。私《わたし》……)

「『怖《こわ》い』……？」

瀧島君《たきしまくん》が、満足《まんぞく》したようにうなずく。

「そう。如月《きさらぎ》さんのマイナスの感情《かんじょう》は、『**恐怖感**《きょうふかん》』だ。だけど、それだけじゃまだ、じゅうぶんじゃない」

「え……」

どういうこと、とたずねようとしたとき、瀧島君《たきしまくん》は静《しず》かに立《た》ち上《あ》がった。

「前《まえ》、調《しら》べたいことがあるって言《い》っただろう」

「えっ……あっ、うん！」

思《おも》い出《だ》して、うなずく。すると瀧島君《たきしまくん》は、私《わたし》の前《まえ》に立《た》って手《て》を差《さ》し出《だ》した。

「見《み》せたいものがあるんだ。来《き》てくれるかな」

とまどいつつも彼《かれ》の手《て》を取《と》り、立《た》ち上《あ》がる。

階段《かいだん》を下《お》りた後《あと》、瀧島君《たきしまくん》は図書室《としょしつ》に入《はい》った。司書《ししょ》の先生《せんせい》から鍵《かぎ》を借《か》り、資料室《しりょうしつ》へと入《はい》る。

「僕《ぼく》が『マイナスの感情《かんじょう》』なんていうあいまいな言《い》い方《かた》をして如月《きさらぎ》さんに詳《くわ》しい説明《せつめい》をしなかったのには、理由《りゆう》があるんだ」

ドアを閉《し》めると、瀧島君《たきしまくん》はまっすぐに棚《たな》へと向《む》かった。

あれは……卒業《そつぎょう》アルバムの入《はい》っていた棚《たな》だ。

「遠野先輩《とおのせんぱい》が自分《じぶん》の本当《ほんとう》の気持《きも》ちに気《き》づいていなかったように、如月《きさらぎ》さんも、ずっと心《こころ》の奥底《おくそこ》にしまったままの気持《きも》ちがあるんじゃないかって思《おも》ってた。だけど、それをムリやり掘《ほ》り起《お》こすようなことはしたくなかった。如月《きさらぎ》さん自身《じしん》に、気《き》づいてほしかった」

（しまったままの、気持《きも》ち……？）

わからないことへの不安《ふあん》と、瀧島君《たきしまくん》の緊張気味《きんちょうぎみ》の声《こえ》に、胸《むね》の鼓動《こどう》が速《はや》くなる。

「でもやっぱり、自分《じぶん》ではどうしても見《み》えない気持《きも》ちもある。いつの間《ま》にか、透明《とうめい》にしてしまった恐怖感《きょうふかん》。その恐怖感《きょうふかん》からくる、強《つよ》い思《おも》いこみ。それが……サキヨミの力《ちから》の源《みなもと》だと、僕《ぼく》は考《かんが》えているんだ」

言《い》いながら、瀧島君《たきしまくん》は一冊《さつ》の卒業《そつぎょう》アルバムを取《と》り出《だ》した。

机《つくえ》の上《うえ》に置《お》くと、ページをめくって私《わたし》のほうへと差《さ》し出《だ》す。

それは、三年生《ねんせい》のクラスページだった。個人写真《こじんしゃしん》の最後《さいご》に、クラス全員《ぜんいん》での集合写真《しゅうごうしゃしん》が載《の》っている。

「ここ、見《み》て」

瀧島君《たきしまくん》が、集合写真《しゅうごうしゃしん》の一角《いっかく》——最前列《さいぜんれつ》の中央《ちゅうおう》あたりを指《ゆび》さす。

(——あっ⁉)

見《み》た瞬間《しゅんかん》、息《いき》が止《と》まりそうになった。

そこに写《うつ》っていたのは、ケージに入《はい》った一匹《ぴき》のウサギだった。

白《しろ》くて、耳《みみ》の毛《け》が長《なが》くて。そう、耳《みみ》が、ふわふわしていて……。

――みゅーちゃんは、みみが、ふわふわしてるから……。

――あ、ほんとだ！　みみのけがながいね。

幼稚園《ようちえん》のとき、ユキちゃん――瀧島君《たきしまくん》とかわした会話《かいわ》が、頭《あたま》の中《なか》によみがえる。

（……まさか……）

ごくり、とつばを飲《の》みこむ。

このウサギ……もしかして、みゅーちゃん……!?

あとがき

みなさん、こんにちは！　七海《ななみ》まちです。

『サキヨミ！』13巻《かん》を手《て》に取《と》ってくださり、どうもありがとうございます！

今回《こんかい》は、美羽《みう》が瀧島君《たきしまくん》と離《はな》れてひとりでがんばるというお話《はなし》でした。

美羽《みう》の不安《ふあん》そうな様子《ようす》にハラハラしたり、美術部《びじゅつぶ》のみんなの楽《たの》しそうな様子《ようす》にほっこりしたり、いよいよレイラ先輩《せんぱい》の卒業《そつぎょう》が迫《せま》ってきたことにしんみりしたりと、書《か》いている間《あいだ》じゅう、気持《きも》ちが忙《いそが》しい一冊《さつ》となりました。

みなさんの学校《がっこう》では、「三年生《ねんせい》を送《おく》る会《かい》」のような卒業生《そつぎょうせい》を送《おく》り出《だ》すイベントはありますか？

私《わたし》の通《かよ》っていた中学校《ちゅうがっこう》では、毎年行《まいとしおこな》われていました。

13巻《かん》は、私《わたし》が中学《ちゅうがく》三年生《ねんせい》のときに「送《おく》る会《かい》」で見《み》た後輩《こうはい》たちの出《だ》し物《もの》（コントや劇《げき》、バンドなど）を思《おも》い出《だ》しながら書《か》いたのですが、体育館《たいいくかん》がいつもと違《ちが》う雰囲気《ふんいき》に包《つつ》まれていてすごく楽《たの》しかったことを覚《おぼ》えています。

月夜見中《つきよみちゅう》の「送る会《おくかい》」では、レイラ先輩《せんぱい》たち三年生《ねんせい》もステージに上《あ》がっていましたね。

合唱《がっしょう》を披露《ひろう》したわけですが、このとき歌《うた》われた合唱曲《がっしょうきょく》、なんだと思《おも》いますか？

私《わたし》は、レミオロメンの『3月《がつ》9日《か》』を思《おも》い浮《う》かべながら書《か》いていました。とても好《す》きな曲《きょく》のひとつです。

卒業《そつぎょう》ソング、他《ほか》にもいい曲《きょく》がたくさんあるので、みなさんの好《す》きなものを想像《そうぞう》して読《よ》んでいただいても楽《たの》しいかと思《おも》います。


さて、ここからは、いくつかお知《し》らせをさせてください！


まずは、『サキヨミ！』のマンガについてのお知《し》らせです。

2024年《ねん》9月《がつ》に、白泉社《はくせんしゃ》さんよりコミックス1巻《かん》と2巻《かん》が発売《はつばい》されました！

この二冊《さつ》に、角川《かどかわ》つばさ文庫《ぶんこ》『サキヨミ！① ヒミツの二人《ふたり》で未来《みらい》を変《か》える⁉』の内容《ないよう》が収録《しゅうろく》されています。

すでに小説《しょうせつ》1巻《かん》を読《よ》んで話《はなし》を知《し》っていても、マンガを読《よ》むことで、「この場面《ばめん》、瀧島君《たきしまくん》はこんな表情《ひょうじょう》をしていたんだ」など、新《あら》たな発見《はっけん》もあると思《おも》います。

私《わたし》も原作者《げんさくしゃ》として、それぞれの巻末《かんまつ》にコメントを書《か》かせていただきました。

おもしろいだけでなく、とってもかわいい本《ほん》になっているので、ぜひ本屋《ほんや》さんで探《さが》してみてくださいね。

次《つぎ》に、七海《ななみ》まち公式《こうしき》サイトについてのお知《し》らせです。

新刊《しんかん》の発売情報《はつばいじょうほう》やこれまでの作品一覧《さくひんいちらん》などとともに、お知《し》らせブログでは『サキヨミ！』キャラクタープロフィールの公開《こうかい》なども行《おこな》っています。

いろいろな最新情報《さいしんじょうほう》をいち早《はや》く載《の》せるようにしているので、ぜひ遊《あそ》びにきてください！

（七海《ななみ》まち公式《こうしき》サイト：https://sites.google.com/view/nanami-machi/）

最後《さいご》になりましたが、駒形先生《こまがたせんせい》、いつもすてきなイラストをありがとうございます！

担当編集様《たんとうへんしゅうさま》、いつも丁寧《ていねい》に原稿《げんこう》を読《よ》みこんでくださり、的確《てきかく》な助言《じょげん》をありがとうございます！

制作《せいさく》に関《かか》わってくださったすべての皆様《みなさま》、応援《おうえん》してくれる友人《ゆうじん》や家族《かぞく》、そしてこの本《ほん》を手《て》に取《と》ってくださったあなたにも、心《こころ》からの感謝《かんしゃ》を。

13巻《かん》では、ナゾに包《つつ》まれていたサキヨミの力《ちから》のことが、だんだんとわかってきましたね。

今巻《こんかん》ラストでの「再会《さいかい》」がどのような未来《みらい》につながっていくことになるのか、ぜひ、14巻《かん》で確《たし》かめてもらえたらうれしいです。

それでは、またお会《あ》いしましょう！

七海《ななみ》まち

*七海《ななみ》まち先生《せんせい》へのお手紙《てがみ》は、角川《かどかわ》つばさ文庫編集部《ぶんこへんしゅうぶ》に送《おく》ってね!

〒102-8177　東京都千代田区富士見 2-13-3
株式会社KADOKAWA　角川つばさ文庫編集部　七海まち先生係

角川つばさ文庫

七海まち／作
うお座のO型。東京都在住。第8回角川つばさ文庫小説賞一般部門金賞を受賞。受賞作を改題・改稿した『サキヨミ！①　ヒミツの二人で未来を変える!?』（角川つばさ文庫）でデビュー。好物は紅茶とモンブラン。朝起きることが苦手。飼い猫のうっとり顔に毎日癒やされています。猫はどんな柄でも大好きですが、特に好きな柄は黒白ハチワレです。

駒形／絵
大阪府在住のイラストレーター。主な作品に「探偵チームKZ事件ノート」シリーズ（講談社青い鳥文庫）、「ないしょのM組」シリーズ、「サキヨミ！」シリーズ、『ロミオとジュリエット』（すべて角川つばさ文庫）、『まんが人物伝　マリ・アントワネット』（KADOKAWA）など。

角川《かどかわ》つばさ文庫《ぶんこ》

サキヨミ！⑬
二人《ふたり》の絆《きずな》に試練《しれん》のとき!?

作《さく》　七海《ななみ》まち
絵《え》　駒形《こまがた》

2024年10月９日　初版発行

発行者　山下直久
発　行　株式会社KADOKAWA
〒102-8177　東京都千代田区富士見 2-13-3
電話　0570-002-301（ナビダイヤル）
印　刷　株式会社暁印刷
製　本　本間製本株式会社
装　丁　ムシカゴグラフィクス

ISBN978-4-04-632329-3　C8293　　N.D.C.913　220p　18cm

●お問い合わせ
https://www.kadokawa.co.jp/（「お問い合わせ」へお進みください）
※内容によっては、お答えできない場合があります。
※サポートは日本国内のみとさせていただきます。
※Japanese text only

読者のみなさまからのお便りをお待ちしています。下のあて先まで送ってね。
いただいたお便りは、編集部から著者へおわたしいたします。

〒102-8177　東京都千代田区富士見 2-13-3　角川つばさ文庫編集部

放《ほう》課《か》後《ご》チェンジ
藤並《となみ》みなと・作
こよせ・絵
世界《せかい》を救《すく》う？　最強《さいきょう》チーム結成《けっせい》！
ドキッとしたら動物《どうぶつ》に変身《チェンジ》!?
4人《にん》の特別《とくべつ》な力《ちから》を合《あ》わせて
大事件《だいじけん》を解決《かいけつ》!!
まなみ 中《ちゅう》1
元気《げんき》でおもしろい！
でも、単純《たんじゅん》!?
尊《たける》 中《ちゅう》1
スポーツ万能《ばんのう》！
ただし、口《くち》が悪《わる》い!?
行成《ゆきなり》 中《ちゅう》1
クールな秀才《しゅうさい》！
親《おや》は茶道《さどう》の家元《いえもと》!?
若葉《わかば》 中《ちゅう》1
優等生《ゆうとうせい》！　さらに、
超《ちょう》ゲーマー!?
好《こう》評《ひょう》発《はつ》売《ばい》中《ちゅう》
角川つばさ文庫

「虹小新聞《にじしょうしんぶん》」は、いつでも特《とく》ダネ募集中《ぼしゅうちゅう》‼ 事件《じけん》も、ナゾを解《と》く探偵《たんてい》も!? 朝《あさ》はいつもヘロヘロな理人《りひと》、自閉症《じへいしょう》のアルク、友《とも》だちのいない桐野《きりの》、声《こえ》が小《ちい》さすぎる五木《いつき》、やる気《き》が暴走《ぼうそう》しがちなオヅなど、個性《こせい》ばらばらのチームみんなでナゾを解《と》く！ 全員主役《ぜんいんしゅやく》の凸凹《でこぼこ》ミステリー‼

わたし詩音《うたね》！ 算数《さんすう》が大《だい》のニガテな小学《しょうがく》5年生《ねんせい》。…だけど、校長先生《こうちょうせんせい》が出《だ》す《算数《さんすう》ミッション》をクリアしないと、夏休《なつやす》みがぜーんぶナシの大《だい》ピンチ！ 初《はつ》ミッションは「**好《す》きな人《ひと》の隣《となり》の席《せき》をゲットせよ！**」──って、これのどこが算数《さんすう》と関係《かんけい》あるの…!? そんな中《なか》、超《ちょう》イケメンで陸上部《りくじょうぶ》のスターな転校生《てんこうせい》・樫木《かしのき》くんと同《おな》じクラスになってドキドキ！ クリアすれば樫木《かしのき》くんの隣《となり》の席《せき》になれちゃうってこと…!?